Melodias de Vida

Copyright © 2024 Karla Meraki
Todos los derechos reservados

ISBN: 9798344255040
Sello: Independently published

Melodias de Vida

Karla Meraki

Para los que viven a través de la música

La música es la banda sonora de la vida

-Dick Clark-

Índice

Cruzando una Línea..15

Flotando a Través de los Recuerdos......................................20

Disfrazado de Acalorada Emoción...25

La Última Vez..28

Sentimientos en la Oscuridad...32

Amar la Imagen..38

Cuando Todo el Mundo Está Durmiendo.............................45

Pasando de Puntillas por Tantas Etapas..............................47

Salir con Chicos con Exes...53

Más Pegadizo que la Varicela..61

Corriendo entre Espinas de Rosas...63

Los Demonios Tiran los Dados, los Ángeles Entornan los Ojos...65

Una Líder Intrépida...69

Demasiado Ruidoso..76

Por Siempre y para Siempre...82

Humo Invisible...89

Un Poco Más Valiente...93

Soñando con el Día...97

Solo Di que Sí...102

El Camino No Tomado..105

Una Obra de Arte...113

Lo que Murió No Se Quedó Muerto...................................116

El Corazón Era de Cristal..120

El Amor Debe Ser Celebrado...122

Nadie Tiene que Saber...125

Esto No Es lo Mejor...127

Cruzar la Línea...129

La Actriz Protagonista de Tus Malos Sueños....................132

Esta Noche Es Brillante..137

Las Luces del Reino...141

Miserable y Mágico..146

Nunca Decir Nunca..148

El Miedo Más Triste Viene Arrastrándose Lentamente............150

El Primer Otoño de Nieve...153

Persistir y Resistir la Tentación..156

Solo Una Cosa de Verano...161

Un Tiempo Maravilloso..168

Un Momento en el Tiempo...173

Reuniones Clandestinas y Miradas Anhelantes.......................176

Gritando al Cielo..178

Persiguiendo Sombras..185

En Llamas Ardientes o en el Paraíso.................................188

El Amor Es un Juego..191

Sucias Trampas del Mundo...195

Nada Dura para Siempre...200

Las Curitas No Reparan Agujeros de Bala.........................206

Cómo Arruinar el Día Perfecto de Alguien........................209

Raro, pero Jodidamente Hermoso....................................214

Bajo Escrutinio……………………………………………………………217

Atravesada por el Corazón, pero Nunca Asesinada……………221

Un Portal Profundo………………………………………………………224

Vistiendo para la Venganza…………………………………………229

Un Diamante Tiene que Brillar………………………………………234

La Estrategia Prepara el Escenario para el Cuento……………238

Dulce Como la Justicia…………………………………………………243

Cruzando una Línea

Arantxa y Keith pasan los días en un vaivén de emociones que desgasta sus corazones como olas a las rocas sedimentarias. No hay nada plasmado en piedra entre ellos, pero sí en el viento, que se lleva sus momentos más íntimos y entregados, dejándoles solo una helada sensación de añoranza.

Ella no entiende por qué sigue permitiendo que él la utilice a capricho, haciéndola sentir como la única estrella del cielo para luego, de un momento a otro, portarse indiferente y tratarla como si fuera solo un objeto distractor que utiliza para pasar el rato.

La culpa es de ella más que de él. Lo sabe.

Han pasado meses y nada parece cambiar. Iniciaron siendo casuales, sin ningún plan, pero involucraron los sentimientos. Tal vez ganaron, tal vez perdieron.

Cuando Arantxa se va, a pesar de haber sido el deseo de Keith, la añora y persigue furtivamente solo para comprobar que él es el único en su vida. Cuando ella ha intentado abrirse a la posibilidad de algo estable que la haga sentir segura, él aparece, enloquecido de celos, rogando por más tiempo, asegurando haber cambiado. No la quiere para nadie más, pero tampoco para él, no como ella quiere.

Entonces, como un ciclo, Arantxa lo perdona y Keith vuelve a demostrarle que cometió un error al hacerlo. Es la misma relación construida sobre cimientos invisibles, sostenida con confusión, ilusiones de cristal y promesas vacías.

Finalmente, después de muchos ciclos monótonos, la situación resulta demasiado abrumadora para ella, así que se determina a despedirse del torbellino de emociones tumultuosas. El troll se muestra estoico, pero en sus ojos cristalinos, ella cree ver la súplica, el dolor y la batalla por mantener esa máscara que no ha sido capaz de arrancar por completo. Pero ¿cómo va a estar segura si nunca le dice lo que hay en su cabeza?

Se da la vuelta, dispuesta a no retroceder, pero la voz de él le resuena en los oídos, agotada, abatida y frágil.

—Espera. Espera, por favor.

La troll se queda clavada al piso hasta que siente una mano cerrándose sobre la suya. Keith la hace volverse con suavidad y, al ver las lágrimas en su ojo, ella siente una punzada de dolor en el corazón. Nunca antes lo vio llorar.

Un sentimiento que no está segura de si es compasión o ternura, la hace levantar una mano para secarle las lágrimas.

—No te vayas —ruega él.

Arantxa suspira.

—Me pides que no me vaya, pero no haces nada para que quiera quedarme —expresa tranquilamente—. Ya no puedo soportar esto —retira la mano como si la piel del troll le quemara—. Me siento insegura; no puedo leer tu mente y tú no me permites saber cómo te sientes.

—Te quiero a ti.

Arantxa hace un gesto de dolor. Es lo que tanto ha esperado oírle decir, pero lamenta que lo haya hecho demasiado tarde. Ella también lo quiere, pero en el amor no existe distancia más grande que la ausencia de intercomunicación.

—¿Me quieres a mí o al poder de tenerme cuando quieras? —pregunta sarcásticamente.

—A ti, te quiero a ti. Eres todo lo que quiero.

—Ahí está, lo estás haciendo una vez más. Me estás confundiendo —niega con la cabeza, da la vuelta y comienza a caminar.

—Mi padre era un idiota y mi madre una sumisa —comienza él con la voz densa, como si se esforzara en hacer que las palabras salgan—. Él hacía lo que quería con ella y ella lo permitía sin siquiera replicar. Los dos parecían funcionar así. Parecían cómodos en lo que hacían, incluso felices.

La troll se vuelve, pero no se acerca.

—Fueron años muy largos —continúa él—, en los que lo único

que se me enseñó fue que, para hacer que alguien se quede a tu lado, debes ser indiferente. Mi madre amó a mi padre y permaneció a su lado siempre.

Arantxa comienza a caminar hacia él con cautela, como si se acercara a un animal herido.

—No es ninguna excusa, pero es lo que veía diario, lo que la mente de un niño asimila como que está bien porque se supone que sus padres son su modelo a seguir. No lo entendí hasta que llegaste a mi vida.

Ella hace un esfuerzo por no correr a abrazarlo.

—Intenté hacer lo que aprendí para que no te fueras de mi lado y no dejaras de quererme, pero tú lo complicabas todo con solo ser tú. No podía tratarte mal. No quería. Cuando me daba cuenta de que no lo estaba haciendo, me aterraba porque estaba seguro de que te irías, entonces te apartaba para que siguiera importándote. No tiene lógica, lo sé, pero es lo que pensaba —se pasa los dedos entre el cabello—. Lo que en realidad quería era hacer lo contrario. Aún lo quiero —expresa desesperado—. Quiero que te sientas segura conmigo, que sientas cuánto me importas y cuánto te quiero. Quiero demostrártelo, no solo en momentos fugaces, sino en el tiempo que estemos juntos. Algo estable. Bueno, si aún quieres estar conmigo —agacha la cabeza derrotado.

La troll termina de llegar a él y le levanta el mentón con los dedos para que la mire.

—Quiero estar contigo —asegura—. De verdad lo quiero, solo que no ahora. Entiendo que tu pasado no fue fácil, pero, como dijiste, no es excusa. Al igual que tampoco es excusa que, porque te quiero, permitiera que me trataras como un objeto que a veces te sirve y a veces no —se limpia una lágrima que rueda por su mejilla.

La expresión del troll se llena de horror y de dolor.

—Mi intención nunca fue hacerte eso. Bueno, sí, pero... —suspira—. Te entiendo. Y lo siento mucho.

—Necesitamos tomarnos un tiempo para pensar y para aprender a amar y a ser amados sin ser destructivos. Estábamos repitiendo la historia.

Los trolls dejan escapar un largo y liberador suspiro. Si él hubiera expresado cómo se sentía, lo que pasaba por su mente, los dos habrían podido ahorrarse la tortura. Si ella hubiera sido firme con lo que sentía y con lo que necesitaba, los dos habrían podido ahorrarse las complicaciones. Solo hacía falta la claridad que no advirtieron hasta que estuvieron en las paredes del ojo de un huracán. Les dolió, pero abrieron los ojos.

Flotando a Través de los Recuerdos

Mientras la juez escucha las posturas de los defensores de las partes, el imputado no deja de mirarla. Traza sus movimientos con los ojos y sonríe de manera casi imperceptible. Ella le devuelve la mirada ocasionalmente, desafiante y hastiada, pero no logra dejar de ser el foco de su atención.

Una vez que el juicio termina, los abogados intercambian información con los allegados de sus clientes y la juez se dispone a abandonar la sala, cuando una voz llamándola por su nombre la detiene. Se vuelve, sorprendida, al ver al imputado tras las rejas de seguridad del cubículo apostado a la pared.

—¿Qué es lo que quiere? —pregunta, dubitativa.

—Conocerte —responde él enseguida.

—Me parece que ya debe tener bien grabados mis rasgos. No paró de mirarme en todo el juicio.

—Y tú me devolvías las miradas.

—Sí, para que dejara de hacerlo, pero no captó la indirecta.

El imputado extiende las manos esposadas para tocar el metal de la reja.

—Es en serio que quiero conocerte.

La joven levanta una ceja y lo mira, harta.

—Claro. Y después podríamos recorrer el mundo en una alfombra mágica.

—No me molestaría recorrer el mundo con la cíclope más hermosa que he visto —sonríe, haciendo que la juez se arrepienta de su ironía—. Y justo por eso es que quiero conocerte. Tu sentido del humor es encantador, tal como deben ser las demás partes de tu personalidad, Mirla.

—Deje de llamarme por mi nombre. Me debe respeto.

—El juicio terminó. Ahora solo somos dos desconocidos que podrían dejar de serlo.

La cíclope no sabe cómo, pero desde el primer juicio con Jay, el joven acusado por corrupción de menores, abuso sexual y manipulación psicológica, no ha podido sacarlo de su mente. Casi sin poder evitarlo, terminó enamorándose de un criminal al que visita en su celda con pretextos legales, un criminal que la hace sentir la mujer perfecta, un criminal que tiene los sentimientos más sublimes. ¿Alguien así verdaderamente puede ser un criminal?

Aunque se siente embriagada por esos sentimientos que deberían ser placenteros, siente que algo no está bien, pero no alcanza a comprender qué es. Siente una opresión que poco a poco la aleja de sí misma, y a la que su mente le susurra que debe acostumbrarse.

En los juicios posteriores, ha tenido que esforzarse en mantener su neutralidad y hacer su trabajo como es debido. Ya es el juicio número diez, y las cosas para Jay se complican cada vez más. No hay nada legalmente admisible que lo exente de al menos una sentencia de trescientos años en prisión.

Después de acordar una próxima sesión, la cíclope se acerca al imputado, como ya es su costumbre, ya sin disimular, sin importarle que los presentes en la sala los miren recelosos.

—Sabes que no soy culpable de nada de lo que se me acusa, ¿verdad? Jamás haría esas cosas. Jamás.

Mirla no responde.

—¿No me crees? —el rostro de Jay se crispa de dolor.

—Las pruebas...

—No me interesan las pruebas. Me interesa lo que te dice tu corazón, Mirla.

—Él quiere creerte, pero tienes todo en tu contra.

—Lo sé, pero te juro que soy inocente —posa las manos en la reja—. Soy inocente y no merezco estar aquí. Quiero salir para formar una vida contigo, para recorrer el mundo de tu mano en una alfombra mágica —sonríe.

—¿De verdad es lo que quieres?

Él asiente lentamente.

—Más que nada en el mundo.

Después de un momento de silencio, ella lo mira decidida.

—Te creo. Creo en tu inocencia. Y voy a hacer todo lo que pueda para que salgas de aquí. Tendremos una vida juntos.

En la próxima sesión, una que podría dejar a Jay sin opción a más juicios, la juez desestima las pruebas del abogado de la parte acusadora por cuestiones de términos jurídicos y tecnicismos, lo que le da una nueva esperanza a la parte acusada.

Después de algunos juicios más, la cíclope termina de limpiar el nombre del imputado y de hacerlo ver como un ciudadano modelo, víctima de estar en el lugar incorrecto a la hora incorrecta con las personas incorrectas, tal como él le ha dicho. Lo absuelve de toda culpa y lo declara inocente.

Una vez fuera de las rejas, las promesas y sentimientos de Jay se desvanecen en el viento. Deja de hacer sentir a Mirla especial, de responder sus llamadas y de acudir a sus citas con regularidad, como si les hiciera un favor al estar con ella.

Con lágrimas, culpa, repulsión y arrepentimiento, ella advierte que solo fue una víctima más del criminal que merece pasar el resto de su vida tras las rejas. Lo que creía sentir por Jay la cegó de su ética profesional, de su deber con su nación y con los afectados, y de su propio valor. La utilizó para su beneficio, mientras le era conveniente, y cuando no le sirvió más, pues ya tenía lo que quería, la desechó.

Aunque le duele, es lo que necesitaba para liberarse de la

relación que no la hacía sentir en paz consigo misma. Decir adiós no siempre tiene que ver con la falta de amor, sino también con la plenitud del amor propio.

Sin poder soportar más la carga, Mirla confiesa su falta y el veredicto que realmente hubiera dictado de no haber tenido una venda en los ojos. Aunque se condena a sí misma, entiende que es lo correcto después de lo que hizo. Aunque le retiraron su cédula profesional, se siente ligera como una pluma, sin presiones ni condiciones clavándose en su mente; ya no hay susurros que controlen sus acciones y pensamientos.

Disfrazado de Acalorada Emoción

Akira mira cómo la persona que hace una hora le dijo que la quería se ríe con sus amigos mientras le dedican miradas repulsivas y altivas. No entiende cómo pudo ser tan tonta para no darse cuenta de la farsa del vampiro que, desgraciadamente, fue su primer amor. No comprende qué fue lo que le hizo para que la tratara así, jugara con sus sentimientos y la humillara ante toda la escuela.

Ahora ahí está, parada en el centro de la pista de baile, con lágrimas involuntarias rodando por sus mejillas, ataviada con el vestido que, con tanta ilusión, eligió para la graduación, siendo la diversión de un grupo de idiotas.

Cuando todo comenzó hace tres meses, no creyó que terminaría así, con el corazón roto y el orgullo por los suelos.

El mariscal de campo se acercó a ella asegurándole que quería conocerla mejor, aunque tienen tres años en la misma escuela y antes jamás pareció notarla. Ella, deslumbrada por la belleza de un vampiro, se dejó envolver por sus palabras dulces y sus atentas acciones, ignorando por completo el cliché de lo que les pasa a las chicas tímidas, solitarias, dedicadas y, según los estereotipos, no tan bonitas como ella, cuando el chico popular y atractivo de la escuela se fija en ellas.

En ocasiones, había señales que le decían que debía retirarse de esa relación, banderas rojas que la hacían sentir incómoda, pero su personalidad silenciosa le evitó hacer de ellas una tragedia.

En ese momento, dejó todo pasar, pues la impresión de que alguien se interesara en ella y que ese alguien fuera su amor platónico fue demasiado abrumadora. Que la hiciera sentir como nunca antes se sintió le resultó fascinante. Incluso la incluyó en su círculo social, y al ser él tan popular, pronto todos en la escuela advirtieron su existencia. No hizo caso de las advertencias de su razón.

Con él, todo parecía perfecto, hasta esa noche en la que el desafío con sus amigos terminó y pudo despojarse de la cara de ángel que preparaba para ella y para los desconocidos que los miraban curiosos en los pasillos mientras iban tomados de las manos.

Cuando la suave melodía terminó, sus labios se unieron por primera vez en lo que para ella fue el primer beso de amor, pero que para él fue la línea de meta de una competencia.

Antes de que ella pudiera llegar a disfrutar el beso, él la apartó súbitamente y comenzó a reírse desvergonzadamente. Akira no entendió lo que pasó hasta que el grupo de amigos de Kiram comenzó a aplaudir complacido. Entonces, él confesó que ella solo le representaba un desafío impuesto que tenía que ganar, y al conseguir que la chica excluida de la escuela se enamorara de él y lo besara, lo hizo.

Antes de alejarse, le recordó que nunca sería suficiente para alguien tan poca cosa como ella. Fue hacia sus amigos, que lo felicitaron y alabaron, y les contó los miedos que ella había compartido con él, los secretos que le confió y sus intimidades más profundas, haciéndola ver como el fenómeno que exactamente esperaban que fuera.

Ahora, Akira quiere salir huyendo, pero sus pies están anclados al suelo y no cree tener la fuerza suficiente para combatir con su propio cuerpo. Está demasiado agotada por la relación viciosa que vivió. No hay mejor lección que estar con la persona equivocada para advertir lo que en realidad se merece.

La Última vez

Como de costumbre, antes de dormir, Hazel y Aspen conversan sobre su día. Hablan de cosas trascendentales y triviales, felices de compartir con alguien que escucha con interés y siempre tiene algo adecuado que decir.

Llevan años juntos, construyendo momentos memorables, apoyándose en los infortunios y superando obstáculos. Sin embargo, hay uno que no han podido superar: la pérdida de la chispa romántica que una vez los unió. Ya no se sienten atraídos, fascinados ni embelesados el uno por el otro. Con el tiempo, esos sentimientos han cambiado hacia un cariño diferente, uno que no es suficiente para mantener una relación de pareja.

Hazel no quiere herir a Aspen sin una razón válida. Se sentiría miserable si terminara la relación, considerando que él siempre se ha entregado a ella y la ha cuidado como el tesoro más valioso. Le molesta haber dejado de amar a un elfo tan maravilloso.

Aspen, por su parte, también teme lastimar a Hazel sin justificación. Se sentiría igualmente infeliz si terminara la relación, ya que ella no ha hecho nada para merecerlo. Lo horroriza haber dejado de amar a la elfina perfecta.

Han meditado mucho sobre la posibilidad de separarse, pero siempre terminan eligiendo la comodidad de lo que conocen y una felicidad mayormente estable. Quieren liberarse de la carga emocional que arrastran y desean que su relación, más allá de lo romántico, no se vea afectada. Se quieren y seguirán haciéndolo, aunque son conscientes de que la llama que ardía entre ellos se ha apagado.

—No estoy seguro de que así se prepare la sopa —comenta Aspen.

—Sí, me di cuenta cuando no vi más que humo —responde Hazel, encogiéndose de hombros—. Supongo que seguiremos pidiendo delivery.

—Tal vez yo pueda cocinar.

—Sí, claro, como la semana pasada, cuando casi vaciaste la despensa preparando solo dos platos.

—Pensándolo bien, el delivery es una buena opción.

Ambos ríen. No parece que haya nada que pueda fracturar su relación, pero pronto su risa se torna incómoda y se apaga. Se miran en silencio; Hazel hace un amago de acariciarlo, pero se detiene. Él observa sus labios, pero pronto aparta la mirada.

—Hasta mañana —dice Hazel, besándolo en la mejilla antes de girarse en la cama.

—Hasta mañana —responde Aspen, arropándola antes de darse la vuelta.

Ambos se sitúan en los extremos de la cama, dejando un espacio considerable entre ellos.

—Buenos días —dice Hazel al incorporarse, frotándose los ojos con somnolencia.

—Buenos días —responde Aspen, tapándose los ojos con el brazo.

Después de un rato, la pareja se levanta de la cama, preparándose para un nuevo día. Hazel toma su ropa y entra al baño, mientras Aspen se apresura a vestirse antes de que ella regrese.

Esa tarde, tras ver una película, ambos se sienten lo suficientemente abrumados para confesar sus sentimientos.

—Tengo algo que decirte —dice Aspen, dejando el plato vacío de palomitas en la mesa de centro.

—También tengo algo que decirte —responde Hazel, apartándose la manta del regazo.

—Tú primero.

Después de que Hazel expresa lo que siente, mira a Aspen con temor, buscando en su rostro alguna señal de que no le esté rompiendo el corazón.

Aspen se ríe con tal alivio que deja a Hazel escéptica, sin preparación para esa reacción.

—¿Te estás burlando de mí? —pregunta, ofendida.

—No, no es eso —suspira, aliviado—. Es solo que... yo me siento igual. No te lo decía porque tampoco quería lastimarte y tenía miedo de perder lo especial que hay entre nosotros.

Ella resopla, quedándose sin palabras. Pasan eternos segundos de silencio antes de que pueda articular algo más.

—Es increíble que esto esté pasando —ríe suavemente.

—Lo sé —suspira—. Casi resulta irónico. Supongo que tenemos la fortuna de compartir lo que nos pasa y de haber tenido las mismas razones para callar.

Hazel apoya los codos en las rodillas, recarga la frente en las manos y cierra los ojos.

—¿Y ahora qué? Sabemos que ya no hay futuro para nosotros.

—En lo romántico, no. Pero podemos ser amigos, si tú quieres.

Ella vuelve a abrir los ojos y se acerca a él.

—Nada me haría más feliz. ¿Y a ti?

—Tampoco.

—Bien.

—Bien.

Los elfos sonríen, se reclinan en el sofá y cierran los ojos, sintiendo que la carga moral y emocional que los pesaba se aligera. Les duele despedirse de algo que los hizo felices durante tanto tiempo y les preocupan los cambios que vendrán, pero agradecen ser lo suficientemente sensatos para decir adiós antes de que el resentimiento los separe. Hay finales tristes, pero a veces son necesarios.

Sentimientos en la Oscuridad

Lana observa con curiosidad al tritón que comparte sus razones para estar en el grupo de apoyo. La expresión de su rostro no concuerda con la serenidad de su tono y el ritmo de sus palabras.

Cuando llega el turno de Lana, se levanta con desgano y comienza a contar una historia que, en su voz, se refleja fría, pero en sus ojos, desgarradora. Kallan la observa con detenimiento, como si quisiera quitar el velo que hay en sus frases para dejarlas en su estado natural, tal como la sirena las pensó.

Después de solo algunas sesiones más y de comenzar a acercarse por las mismas razones, Lana y Kallan inician una relación. Permanecen melancólicos la mayor parte del tiempo, fingiendo que todo está bien, que no hay nada que ensombrezca sus corazones ni manche sus recuerdos. Pero en realidad, nada está bien porque, aunque intentan seguir adelante, las piedras del pasado siguen atravesándose en sus caminos.

Lana estaba a punto de casarse, pero una traición le arrebató ese momento, dejándole el alma sangrante y el pecho empapado de dolor. No podía entregarse a esa agonía, así que continuó con su vida, pretendiendo que nada de lo que pasó sucedió en realidad. Dejó el mar, que era su hogar, y comenzó una nueva vida, omitiendo detalles de su pasado.

Kallan estaba feliz en su relación, hasta que descubrió la deslealtad de la sirena con la que soñaba compartir el resto de su vida. No podía dejarse hundir en la ira y la pena, así que continuó con su vida, pretendiendo que nada de lo que pasó sucedió en realidad. Dejó su mar de origen y comenzó una nueva vida basada en verdades a medias.

La sirena y el tritón no comenzaron relaciones nuevas porque no pudieran estar solos, sino porque de verdad quieren creer que su vida está bien, insistir en que no hay ninguna espina clavada en sus corazones. Se autoengañan para no tener que sufrir el duelo de sus rupturas. Todo pasó muy rápido entre ellos; no se dieron el tiempo de conocerse antes de comenzar, se han conocido durante. Les gusta lo que están descubriendo, y lo agradecen, pero sus experiencias pasadas les han impedido entregarse por completo el uno al otro, porque, por más que finjan que no, sus heridas siguen abiertas y no los dejan avanzar.

El sol resplandece sobre el mar abierto que rodea la roca en que está sentada la sirena. El sonido de las fardelas convierte el rompimiento de las olas en una danza.

—Hola. —saluda Kallan, sentándose junto a ella.

—Hola. No te oí llegar.

—Me di cuenta. Estás ausente. Otra vez.

—¿Solo yo? —pregunta irónicamente.

—Bueno, puede que yo también. Solo algunas veces.

Ella asiente, observando un delfín saltar despreocupado en el agua.

—¿Cómo estuvo la sesión?

—Bien. —responde algo incómodo. —¿Qué tal la tuya?

—Bien.

Ambos permanecen en silencio, perdidos en un mundo de recuerdos que se arremolinan en sus mentes.

En cuanto se establecieron lo suficiente en su nueva vida, buscaron ayuda para superar los acontecimientos a los que se niegan; así encontraron un tratamiento que los ayudaría, de no ser porque en el grupo de apoyo templan sus historias y en las sesiones individuales con el terapeuta sus palabras son falsas, al indicar amnesia o evolución. Tampoco le cuentan la pesadilla recurrente que tienen, en la que un fomorian los persigue, retorciendo su disforme y grotesco cuerpo en una postura imposible; si lo hicieran, la interpretación de la pesadilla, en la que el fomorian representa el caos en sus vidas y la persecución, su desesperación por volver a sentirse felices.

Fue en la primera sesión del grupo de apoyo cuando se conocieron e interesaron en descifrar expresiones tan parecidas a la propia; estoicas, pero profundamente heridas. En ese momento, se desprendieron de la idea de superar su dolor y, en lugar de ello, decidieron mitigarlo, reemplazando lo que perdieron. Desde entonces, solo siguen asistiendo al grupo para distraerse y viendo al terapeuta para ocuparse en algo, albergando la esperanza de un día dejar de asegurar haber superado sus tribulaciones, haciéndolas ver como ilusiones que romantizaron o conflictos que dramatizaron.

Enlazaron sus vidas por las razones equivocadas: un ardid sin atender y el querer huir, ignorando todas las advertencias de tornado.

Tal vez hayan buscado una distracción cuando su historia comenzó, sin estar realmente enamorados, pero ahora, seis meses después, han hallado un cariño inesperado. Aunque ambos tienen sus secretos, lo que comparten les ha alcanzado para crear esa chispa que pensaron no volverían a sentir.

Aun así, hay algo que no les permite abandonarse del todo al sentimiento. Se mienten entre sí, ocultan, fingen y garantizan que la terapia es simplemente un método de salud mental, y se mienten a sí mismos, repitiéndose que su ficción es cierta.

—No es cierto. Nada lo está. —dice el tritón en un susurro.

—¿Qué? —pregunta la sirena, confundida.

—La sesión no estuvo bien. Ninguna lo ha estado —ríe con aspereza—. De hecho, no mucho en mi vida está bien.

Lana parpadea perpleja. Nunca antes él le habló de su manera de sentir respecto a nada.

—Hay algo que no te he dicho. —Kallan suspira—. Ya no quiero que las cosas sean así. No cuando ya me he enamorado realmente de ti.

—¿Realmente?

—No puedo reconocer lo que me pasa. Al menos no en este

momento. Solo quería que supieras, por si... No es justo para ti. Por favor, no me odies por lo que no te puedo decir.

Respira profundo para recuperarse de la revelación no completada y busca distraerse mirando las escamas de su cola. Ella le pone la mano sobre la suya, haciendo que la mire confundido.

—Me alegra que no me lo digas.

—¿Por qué? —su tono delata su perplejidad.

—Porque si lo hicieras, me comprometerías a devolverte el favor de la honestidad.

—¿Así que no soy el único que guarda secretos? —pregunta sin irritación.

Resignada, ella niega con la cabeza.

—Te pido perdón por eso. Tampoco es justo para ti.

La problemática pareja contempla el sol que ha comenzado a ocultarse en los confines del inmenso mar.

—Te propongo algo. —comienza ella—. Dijiste que realmente te enamoraste de mí —suspira—. Yo también me enamoré realmente de ti —ríe por lo bajo—. Pero lo que no puedo aceptar, ni para mí misma, no me deja sentirlo plenamente.

El tritón asiente, sintiéndose identificado.

—Sea lo que sea que nos pase, hagamos lo correcto, dejándonos ayudar por nosotros mismos y tomémonos el tiempo que necesitemos para superar lo que ocultamos y no viceversa. —añade Kallan.

—Creo que ya hemos dado el paso más importante. —La sirena acaricia la aleta de él con la suya.

Ambos observan el horizonte, sintiendo una serenidad en el

pecho que hace mucho no sentían. Sus problemas parecen comenzar a desvanecerse a medida que los aceptan como parte de ellos y no intentan convencerse de lo contrario.

Amar la Imagen

Iris cierra la puerta de su casillero, guarda sus libros en la mochila y, cuando levanta la vista, sus facciones se tensan al ver a su exnovio yendo en su dirección, de la mano palmeada de una chica de piel azul turquesa. Tiene que obligarse a no comportarse como una niña e irse apresurada.

—Hola. —saluda Dione y sonríe tan cortésmente como siempre.

—Hola. —responde Iris, incómoda.

—Te presento a mi novia, Chrysta. —desliza la mano por la cintura de la oceánide. —Chrysta, ella es mi amiga Iris.

<Amiga> Las palabras de Dione se clavan como agujas en el

corazón de la náyade.

—Un placer conocerte. —se esfuerza por sonreír.

—Igualmente. —los labios de Chrysta se curvan en una amigable sonrisa.

—Eres muy bonita.

—Gracias, tú también.

—Él también solía creer eso.

Chrysta mira a su novio algo confundida.

—¿Hace mucho que se conocen?

—Bastante. Y nos conocemos muy bien. —se apresura a responder Iris. —¿Y ustedes?

—Nos conocimos hace siete meses.

—Eso no es tanto. —el tono de Iris es agrio. —Imagino que aún les falta mucho por saber el uno del otro.

Dione le lanza una mirada confusa y se apresura a llevarse a Chrysta de ahí, sintiéndose ansioso y disperso el resto del tiempo.

Busca un momento libre para encontrar a Iris y la encuentra donde siempre, con las personas que imaginó.

—Tenemos que hablar.

—Tal vez después.

—Tenemos que hablar ahora.

Iris lo mira simuladamente, como si realmente lo considerara, pero finalmente niega con la cabeza.

—Permiso.

Dione se abre paso entre el grupo de chicas, se inclina y toma a Iris de la cintura para colocarla sobre su hombro.

—Pero ¿qué...? —la náyade intenta gritar, pero Dione le pone la mano sobre la boca.

—Se las devolveré en unos minutos. —el chico sonríe y se aleja con Iris quejándose y defendiéndose.

Al llegar a un lugar tranquilo junto a una fuente, Dione pone a Iris en el suelo y ella, indignada, hace un chorro de agua de la fuente, empapando el rostro del chico, lo cual no parece importarle mucho.

—¿Por qué hiciste eso?

—Te lo dije, tenemos que hablar.

—¿De qué? —la chica finge demencia.

—Lo que dijiste...

—Digo muchas cosas.

—A Chrysta. —su tono es apretado.

—No dije nada que no fuera cierto.

—Sí, pero no tenías por qué decirlo y menos así.

—¿Y qué tiene de malo? ¿Es que tu novia no sabe lo que fuimos?

—No, no lo sabe.

—Bueno, entonces supongo que tendrá muchas preguntas que hacerte.

—¿Qué te pasa?

—No sé a qué te refieres.

—Tú no eres así. Parece que estuvieras celosa, pero te recuerdo que fuiste tú quien terminó conmigo.

—Ambos acordamos que era lo mejor.

—Sí, pero tú lo propusiste.

—No estoy celosa.

—Entonces explícame por qué te comportas así.

Malhumorada, Iris se cruza de brazos.

—No sé.

—¿No sabes?

—No. —dice ella con sequedad.

—Muy bien. —Dione se dispone a dar la vuelta, pero Iris lo toma del brazo para detenerlo.

—Sí lo sé.

—Dime qué es.

—Es que es... ella es... y yo...

Él la mira expectante.

—Tú me dijiste que era hermosa. —la chica levanta la voz y sus mejillas se adquieren un tono encendido.

—¿Y?

—Me mentiste. —levanta la voz.

—¿Por qué piensas eso? Me parecías hermosa. Me lo sigues pareciendo.

—¿Y ella? ¿Te parece hermosa?

—Pues sí, claro que sí. ¿Pero eso qué tiene que ver?

Iris suelta una exhalación exasperada.

—Tiene todo que ver.

—¿Te sientes bien?

Ella lo mira con mala cara.

—Decías que yo te gustaba, pero ahora te gusta ella.

Dione se aprieta con los dedos el puente de la nariz, rogando por paciencia.

—Si no me dices lo que te molesta no vamos a llegar a nada.

—Ella es todo lo opuesto a mí. —grita. —Es una oceánide y yo una náyade. Es de agua salada y yo de agua dulce.

Dione la mira extrañado.

—¿Puede que ese fuera el verdadero problema entre nosotros? Que yo no soy tu tipo de chica y solo me decías lo que quería oír.

—¿Entonces es eso? ¿Crees que porque ella no se parece a ti no me gustabas o no sentía algo por ti? —Dione casi se ríe.

—No le veo la gracia.

—¿Y por qué no puede ser al revés? ¿Qué pasa si es ella la que no es mi tipo de chica?

—¿No lo es? —pregunta Iris ansiosa.

—Sí.

La chica hace un mohín. Él ríe y le toma la mano palmeada.

—Cuando estábamos juntos, tú eras mi tipo de chica y ahora que estoy con ella, es ella mi tipo de chica. En realidad, no es que tenga un tipo. No me enamoro del físico, me enamoro de lo que no se ve a simple vista y de cómo me hacen sentir.

—¿Estás diciendo que mi físico no es atractivo para ti? —se mira la piel azul ártico.

—No, no estoy diciendo eso. —se pasa los dedos entre el cabello.

—Sí lo haces. Dices que...

El chico se apresura a rodearla con el brazo, poniéndole una mano sobre la boca.

—Escúchame.

Iris se revuelve intentando soltarse, pero al no lograr nada, hace un ruido de enojo y se resigna.

—Lo que intento decirte es que veo más allá del físico para enamorarme de alguien. Claro, eso ayuda, pero no es tanto lo que me interesa. Hay muchos tipos de bellezas, no hay una que prefiera. —relaja su fuerza. —Lo que pasó contigo es que tu exterior me atrajo lo suficiente para acercarme a ti y entonces enamorarme de tu interior. Nunca te dije nada que no pensara o no sintiera.

Una vez liberada por completo, Iris lo mira atónita por un segundo y luego comienza a reírse, con las mejillas más encendidas que antes. Si no se ve el valor propio, no puede esperarse que otros lo vean.

—Ahora soy yo quien no le ve la gracia.

—Es que... —respira profundo—. No puedo creer esto. No puedo creer que haya hecho una escena. Ni siquiera la hice cuando estábamos juntos. Sabes que no soy celosa. —se sienta en la base de la fuente de piedra y da palmadas a su lado para que él la acompañe. —No es que aún sienta algo por ti o me gustes...

—Gracias. —él la mira divertido.

—Sabes a lo que me refiero. —lo empuja con el hombro.

—Lo sé. —ríe.

—Creo que fue la impresión. Verte con alguien más, que además es totalmente diferente a mí fue... no sé, raro.

Él le pasa el brazo por los hombros.

—Supongo que tampoco hubiera sido fácil verte con alguien que no tuviera nada que ver conmigo. Hubiera sido raro. —sonríe y la acerca más hacia sí.

—Entonces...

—Seguimos siendo amigos.

—¿Aunque esté un poco loca?

—Aunque estés un poco loca. —bromea.

Cuando Todo el Mundo Está Durmiendo

Como cada anochecer, el espíritu de los sueños recorre el firmamento estrellado, desplegando su poder sobre el mundo para generar desde los más encantadores sueños hasta las pesadillas más aterradoras.

Una vez terminada su labor en el continente americano, en las islas Baker y Howland, Lorien descansa en su lugar favorito del mundo: una playa desierta en Uruguay. El sol matinal hace que las arenas parezcan cristales y el mar, un espejo.

Pero no es solo la belleza del medio lo que fascina a la joven, sino también un humano de la estirpe de los hombres, que cada mañana visita la playa y hace del tacto de la brisa y del sonido de las olas su inspiración para escribir los más deleitables versos y las rimas más idóneas para plasmarlas en sublimes poemas. No hay nada que ella disfrute más que quedarse dormida con la dulce voz del joven arrullándola y conduciéndola a su propio mundo de sueños, en el que solo existen los dos.

Al despertar, él ya no está, pero Lorien sigue sintiendo su presencia, cálida y reconfortante. Cuando cae la noche en este país, se encarga de generarle los sueños que sabe lo harán feliz y de alejarle las pesadillas.

Entonces, todo vuelve a comenzar: la misma rutina, el mismo placer y dolor de estar tan cerca y tan lejos a la vez. El espíritu se pregunta si alguna vez él podrá sentir la fuerza de sus sentimientos, si sus ojos podrán traspasar el velo de su intangibilidad y ver lo que hay en su interior. Pero la respuesta que obtiene de su propio razonamiento siempre es la misma: él jamás sabrá de ella, porque sus orígenes son distintos. Duele tener a alguien en el corazón sin poder convertirlo en una tangibilidad.

Lo único que el espíritu puede hacer es susurrarle al oído antes de caer en un profundo sueño:

—Estaré soñando contigo.

Pasando de Puntillas por Tantas Etapas

—¿Puedes verlos? —pregunta Raymond acercándose el brazalete a los labios.

—Sí, están en sus cunas. —responde Isaac.

—Bien. ¿Zara?

—Logré entrar. Alois y Klara están en la biblioteca. Me encargaré de ellos.

Se acerca a la puerta de la biblioteca y pone la mano en el picaporte. Prepara los dardos tranquilizadores, suspira y abre la puerta de golpe. Segundos después, la pareja yace inconsciente en el piso.

—Terminé. Tenemos diez minutos. Abriré la puerta principal.

Una vez reunidos, los tres se dirigen apresuradamente a la habitación de los bebés, que duermen plácidamente.

—¿Hazlo tú? —Isaac le pasa la jeringa a Raymond.

—No, hazlo tú. —le empuja la mano.

—Lo haré yo, cobardes. Dénmela —interviene Zara.

Prepara dos inyecciones, llenando sus tubos con un líquido transparente e inyecta a los pequeños. El bebé se revuelve, pero sigue durmiendo; la bebé se queja y abre los ojos, haciendo que a Zara, Raymond e Isaac se les paralice el corazón, pero pronto vuelve a quedarse dormida.

Gustav e Ida no morirán de difteria, por lo que Klara y Alois Hitler no querrán tener más hijos. El dictador militar más perverso que la humanidad haya conocido jamás no nacerá y, por tanto, no habrá Segunda Guerra Mundial ni 45 000 000 muertos que lamentar.

—Misión cumplida. —dice Raymond triunfante.

—Siguiente parada, Camboya. —anuncia Isaac.

El grupo ajusta los parámetros en sus brazaletes y, antes de abandonar 1887, se miran decididos, imaginando todos los lugares a los que pueden ir y todo lo que pueden hacer en ellos, desde la cosa más sencilla como saltar en el borde de las camas de sus artistas favoritos hasta detener el meteorito que extinguió a los dinosaurios.

Un destello de luz blanca los ciega y, al poco tiempo, están parados en el jardín trasero de una casa modesta. Un niño de ocho años se mece en un columpio de madera atado a un árbol.

—Hola, Nol. —lo saludan al unísono.

El niño levanta la cara, los mira con los ojos muy abiertos y aferra con fuerza las cuerdas de roble. Parece a punto de gritar cuando Raymond sigue hablando.

—Tranquilo, no queremos hacerte daño, solo queremos darte un regalo.

—¿Un regalo? ¿A mí? —pregunta emocionado.

—Sí, claro. —responde Andrei.

—¿Qué es?

—Un dulce. —dice Zara.

—Nunca he probado uno. Mis padres nunca han querido comprarme.

Los chicos sienten una punzada de empatía.

—Toma. —Isaac le tiende un envoltorio azul metálico al niño, que lo mira resplandeciente de alegría.

Nol desenvuelve cuidadosamente el dulce y, antes de metérselo a la boca, mira hacia la casa.

—No te preocupes, no le diremos nada a tus padres. —susurra Zara.

El niño sonríe y, en pocos minutos, se termina el manjar más exquisito que ha probado.

—¿Te gustó? —Raymond lo mira con cierta preocupación.

Nol asiente, feliz.

—Gracias.

Una vez fuera de la casa, Zara, Isaac y Raymond chocan las palmas entre sí.

—Es un alivio que en esta época los padres no adviertan a los niños sobre no aceptar dulces de extraños. —dice Zara.

—¿Seguro que funcionará? —pregunta Raymond a Isaac.

—Claro que funcionará, yo lo hice. El compuesto inhibirá las hormonas que provocarán sus deseos de poder.

Sin deseos delirantes de poder, Lon Nol no dará el golpe de Estado al príncipe Norodom Sihanuk y, por ende, no habrá Guerra Civil ni 250 000 muertos.

—Terminemos por hoy. Tenemos todo el tiempo del mundo para continuar después. —Isaac suena cansado.

Los últimos días han sido agitados para el grupo, arrojándose a la aventura de salvar al mundo. No pueden estar más orgullosos de haber creado los brazaletes del tiempo como proyecto de ciencias. Con su tecnopatía, Zara dio forma a las creaciones e Isaac y Raymond las cargaron con su energía teletransportadora y cronoquinética. Sin un medio adecuado, los poderes de los mutantes son fuertes y convenientes, pero no están ni cerca de lograr la hazaña de todos los tiempos como lo están los brazaletes a los que consideran sus bebés.

No quieren esperar su momento para llegar a la cima únicamente con el entrenamiento, la calma no es lo suyo. Son tiempos rápidos y, si no toman las oportunidades cuando les llegan, están seguros de que se arrepentirían de por vida.

Con nuevos parámetros, regresan a su presente. Ansían hablar de las anécdotas salvando el tiempo. Aunque ese sentimiento no dura mucho, pues el cielo rojo, gritos de pánico, construcciones ardiendo y el sonido de armas de fuego los paraliza.

En los brazaletes brilla una luz roja y se emite una alarma. Los tres chicos deslizan rápidamente los dedos por la pantalla, buscando la anomalía en los cambios que han hecho últimamente.

Polonia - 1939.

—Tal vez solo sea una coincidencia. —Isaac suspira.

—Debemos ir. —dice Zara sin aliento.

En 1939 todo luce normal, tranquilo, no parece que el hecho de que hayan evitado el nacimiento de Hitler provocara nada de lo que...

—¿Esos son tanques de guerra? —Raymond suena alarmado.

—Lo son. —dice Isaac.

—Pero si Adolf Hitler no lidera la guerra, ¿entonces quién lo hace? —Zara mira alrededor.

—Gustav Hitler.

Raymond levanta un periódico del suelo, con la noticia en primera plana de la invasión a Polonia liderada por Gustav Hitler.

—Tal vez las consecuencias con él sean mejores que con su hermano. —Isaac se encoge de hombros.

Su siguiente parada es Alemania, 1945, donde se celebra una fiesta en conmemoración de la victoria nazi, 98 000 000 muertos al finalizar la guerra.

Isaac, Zara y Raymond están al borde de una crisis.

—Debimos imaginarlo. En las películas estas cosas nunca salen bien. —Raymond se pasa una mano por el cabello.

—Solo tenemos que volver a 1887 y revertir lo que hicimos. —tranquiliza Zara.

En 1887 revierten sus acciones y, cuando una luz verde brilla en sus brazaletes, suspiran aliviados.

—Volvamos a casa. —dice Isaac emocionado.

Número de viajes permitidos agotado.

El color abandona el rostro de los chicos al leer la pantalla de los brazaletes, que ahora lamentan no haberse detenido a evaluar sus alcances y limitaciones. El ansia por el futuro impide vivir el presente.

Salir con Chicos con Exes

Ofendida, la ninfa se cruza de brazos frente a Ilan y Hana, provocando que dejen de reír.

—Estaba terminando de mostrarle la escuela a Hana. —responde el chico. —Es nueva y...

—No me interesa saber de ella.

Ilan suspira incómodo y mira a Hana.

—Ella es...

—Soy su novia. —lo interrumpe Liliana.

—Mi novia, sí. —Ilan hace un esfuerzo por mantener la calma.

—¿Nos vamos? —Liliana toma al chico de la mano.

Ilan asiente.

—Fue un placer conocerte. Espero que te sientas cómoda aquí. Si necesitas algo, puedes buscarme cuando quieras. —sonríe tímidamente a Hana.

—Igualmente. Gracias por el recorrido y por el ofrecimiento. —sonríe agradecida.

Liliana entrecierra los ojos y hace un sonido de exasperación.

—Si ya terminaste de coquetearle a mi novio, nos vamos. —la mira de abajo hacia arriba con expresión de desagrado. —Es una pena que, recién llegada, dejes ver lo... liviana que eres.

Se da la vuelta y casi tiene que jalar a Ilan para que la siga.

—Qué sorpresa, vuelvo a encontrarlos juntos y riendo. ¿Ahora cuál es tu excusa?

Ilan respira y ve el suelo por un momento. Las mejillas de Hana se colorean de un rojo encendido, prediciendo que, por gustarle un chico, vendrá una tormenta.

—¿Qué necesitas, Lili? —el tono del chico es contraído.

—¿Que qué necesito? —ríe con amargura. —Necesito que dejes de seguir el juego de esta ofrecida y me des mi lugar. ¿Crees que soy tonta? Sé bien lo que está pasando.

Hana se muerde el interior de las mejillas y sus facciones se crispan por la tensión.

—Y tú, —Liliana se vuelve a Hana y le golpea la sien con el índice—, deberías aprender a no meterte con lo que no te pertenece.

—Suficiente, Liliana.

—¿No te gusta que tu amiguita escuche la verdad?

—Ya. —Ilan aprieta la mandíbula. —Vamos, tenemos que hablar.

—Claro que tenemos que hablar.

Ilan se disculpa con Hana a través de la mirada y comienza a caminar con Liliana detrás, gritando y haciéndole reclamos. Los alumnos los miran interesados y luego a Hana con reprobación, mientras susurran.

Terminar una relación de tres años es algo que verdaderamente llama la atención en un ambiente de preparatoria, en el que se está acostumbrado a ver a las mismas personas hacer las mismas cosas cinco días de la semana.

Aunque han pasado dos meses desde que la pareja más popular de tercer grado se separó, los alumnos siguen especulando sobre las verdaderas razones de la ruptura y murmurando la sospechosa coincidencia de que ocurrió en el tiempo en que una alumna nueva llegó. Ilan fue el encargado de dar a Hana un recorrido por el plantel, descubriendo ambos una afinidad entre sí. Sorpresivamente, una semana después él terminó con su novia, dejándola destrozada y desconcertada.

Ahora, Hana e Ilan se han vuelto cada vez más cercanos, ocasionando que el nombre de ella se vuelva frecuente entre los alumnos.

—Hola. —Ilan se sienta en el piso al lado de la chica.

—Hola.

—¿Por qué estás aquí?

—Solo quería pensar un poco. —mira la soledad del patio trasero a la hora del descanso.

—¿Es eso o me estás evitando?

—No, no, es... ¿Por qué lo haría?

—Es justo lo que quiero saber.

La chica lo mira dubitativa.

—Encontré un basilisco en mi mochila. Obviamente, no lo miré a los ojos, sigo viva.

Las facciones del chico se crispan.

—Había una nota, también, con insultos y amenazas.

Hace un gesto de pesar al recordar a la criatura con cuerpo de dragón, cola de serpiente y cabeza de gallo tomándola desprevenida. Sintió la muerte tan cerca, y todo porque le gustaba un chico.

—Difícil adivinar de quién —conoce lo suficientemente bien a su exnovia para saber que, cuando algo se interpone en su camino, no tiene límites.

Hana asiente con desgano.

—Lo siento. Te puse en peligro.

—No lo hagas, no es tu culpa.

—Tal vez no directamente, pero...

—No importa, en serio.

—No te mereces esto.

—Bueno, según ellos, merezco esto y más.

—No es justo.

Hana se encoge de hombros y distraídamente pasa la palma de la mano por encima de una flor marchita, devolviéndole la vida.

Ambos permanecen en silencio, muy cerca de tocarse, pero sin llegar a hacerlo. Saben que se atraen, no es necesario decirlo porque lo sienten, así como saben que, si se confesaran, podría surgir algo muy especial. Pero también saben que sería lo peor que podrían hacer, sabiendo todo lo que circula en el aire y las miradas que los siguen. No debería importarles, pero lo hace. Especialmente para Hana, las cosas serían más difíciles de lo que ya lo son.

Ser la nueva no es nada fácil, mucho menos cuando, debido a la imagen que le han creado y las difamaciones en que la han envuelto, no muchos se dan la oportunidad de conocerla realmente.

—Si quieres que me aleje de ti lo haré. —dice Ilan con cierto temor tiñéndole la voz.

—No es lo que quiero, pero...

—Qué escena tan adorable, ahora se esconden para poder estar juntos. —dice una ninfa de cabello rubio con ironía.

—Que se oculten no cambia en nada lo que todos sabemos de ti. —una ninfa de ojos marrones sonríe mordaz.

—¿Liliana les dio permiso de decir eso? —pregunta Ilan irónico.

Las chicas lo miran con mala cara y desafiantes, se acercan para ignorar deliberadamente a Ilan e insultar a Hana.

Hana no quiere crearse una reputación peor de la que ya tiene, pero no piensa permitir que la ofendan de esa manera. Los murmullos y las miradas son molestos, aunque tolerables, pero que la traten así cruza cualquiera de sus límites.

En segundos, ya está de pie, confrontando a las marionetas

de la chica que se ha encargado de hacer su vida miserable desde que la conoció. El patio comienza a llenarse de alumnos curiosos, complacidos de que la mustia de la escuela al fin se esté quitando la máscara.

Ya de pie, Ilan sopesa la situación. Se esfuerza por reunir paciencia, pero le cuesta.

—Está bien, no es necesario que me defiendan. —dice Liliana avanzando por el patio. —A pesar de lo que me hizo, no le guardo rencor. Solo quiero que todo esto termine.

—No te hice nada. —grita Hana. —Nada para merecer lo que tú me has hecho. Intentaste envenenarme.

Expresiones de asombro tiñen los rostros de los espectadores.

—¿Ahora intentas malsinarme? —ofendida. —Ya conseguiste lo que querías, así que ahora déjame en paz.

Hana suspira exasperada y se pasa las manos por el rostro.

—Eres una maldita hipócrita.

—No voy a permitir que me insultes. Eres tú quien se hace la víctima y buscas una pelea que no pienso darte porque no soy como tú.

—Claro que no eres como tú. Ella no está podrida por dentro —interviene Ilan.

—¿Disculpa? —Liliana lo observa con asombro. —No puedo creer que la defiendas después de lo que nos hizo. —se vuelve a Hana. —¿No te bastó con meterte entre nosotros, con separarnos? Ahora lo pones en mi contra.

—Ella no se metió en nuestra relación, no nos separó. Fuiste tú. Esto ya ha ido demasiado lejos, así que les cuentas la verdad tú o lo hago yo.

—No sé a qué verdad te refieres.

—Muy bien, entonces se los contaré yo. —Se sitúa al frente de los alumnos que forman un semicírculo. —Hana no tiene nada que ver con que Liliana y yo hayamos terminado como ella les ha hecho creer. Fui yo quien terminó con ella.

Liliana palidece y adopta una expresión de pánico.

—Lo hice porque no me dejó otra opción. —continúa Ilan. —Sus celos, escenas y actitudes me rebasaron. Muchas veces intentamos arreglarlo, pero siempre era lo mismo. —suspira mirando a Liliana, quien tiene los ojos muy abiertos. —Lo que hacía no tenía sentido, no tenía motivos, pero está claro que tiene un problema. Incluso llegó a prohibirme que le hablara a sus amigas y a ellas les advirtió que si se acercaban a mí les haría lo mismo que le está haciendo a Hana ahora. No podrán negarlo. —mira a las ninfas a los costados de Liliana, que se limitan a agachar la cabeza. —La escena que me hizo por sentir celos de Hana y las actitudes que tuvo con ella fueron solo el límite para que me diera cuenta de que esa relación no podía seguir teniendo un futuro. Eso fue lo que pasó.

Murmullos y expresiones de asombro llenan el aire del patio.

—Tal vez haya algo entre ella y yo —señala a Hana con la mano—. Tal vez no, y no tendríamos que dar ninguna explicación al respecto porque es nuestra privacidad, pero lo hago porque Liliana no puede acostumbrarse a culpar a los demás de lo que es consecuencia de sus propios actos y a destruirles la vida con mentiras. —se acerca a la chica a la que se le reflejan llamas en la mirada, pero que a la vez se ve aterrorizada. —Esto no hubiera sido necesario de no haber sido por ti. —dice Ilan con pesar.

Nadie tendría que haberse enterado lo que llevó a la expareja a terminar su relación, y haberlo revelado va en contra de los principios de Ilan, pero Liliana se esforzó en obligarlo a hacerlo. Es muy fácil juzgar cuando no se conoce la verdad y lastimar cuando no se está en el lugar del afectado.

Más Pegadizo que la Varicela

Josebeth y Abiel intercambian una mirada que solo ellos creen ser capaces de interpretar. Se han mirado así durante los últimos cien años, sintiendo la sangre arder y el corazón acelerado, la mente desconectada del cuerpo. Podría ser una tontería, pero es lo que arde en su interior, lo que se provocan mutuamente.

Pero es algo que pelean por suprimir. No están seguros de lo que les pasa, pero por alguna razón, se sienten magnetizados física y emocionalmente el uno por el otro. Durante su larga vida, nada antes había despertado tanto sus sentidos ni impulsado su corazón a latir con más fuerza que el amor hacia su doctrina.

Cuando se sorprenden mirándose así, sienten el peso del repudio de su estirpe sobre sus hombros y la decepción de su rey en sus conciencias, pero también el impulso de sonreír. El corazón pelea por sentimientos que la razón reprime. El sentimiento que les induce una pesarosa culpa es natural entre los humanos, pero entre los ángeles, es una aberración.

Siglos atrás, hubo dos ángeles que se atrevieron a abandonarse a ese sentimiento y fueron expulsados del Cielo, convirtiéndose en mortales por un pecado que, para muchos, es una de las más hermosas virtudes de la vida.

Josebeth y Abiel no quieren tener el mismo destino, así que han reprimido el intenso y latente sentimiento durante más tiempo del que pueden soportar. Son fervientes en su causa, pero con ese mismo fervor desean experimentar el nuevo y prohibido sentimiento con toda la fuerza que pueda ofrecerles. ¿Seguir su vocación o su corazón? ¿Por qué elegir entre el amor agapë o el Eros, si al final es el mismo sentimiento?

En ocasiones, cuando el dolor, aunque compartido, es demasiado intenso, se sientan en las nubes, uno al lado del otro, pensando que ser ángeles caídos y tener vidas mortales no parece una mala opción. No son perfectos, pero son libres. No todo es bueno, pero tampoco es malo; hay un equilibrio que puede resultar agradable si se encuentra. Después de todo, la eternidad no tiene sentido si no se vive con la persona correcta y tomando las decisiones correctas.

Corriendo entre Espinas de Rosas

—¿Entonces solo nos quedaremos sentados sin hacer nada mientras destruyen el mundo? —su tono es desesperado.

—También es nuestro mundo. —En los ojos de Aquiles brilla la ferocidad de la guerra, su causa, su energía.

—Ellos no lo ven así. —Teseo niega con la cabeza.

Por años, los titanes han vivido subyugados a los semidioses y a sus deseos, sin importar cuán frívolos sean. En su nombre, han hecho cosas de las que se arrepienten, y con las que tendrán que vivir por la eternidad. Han sido testigos de crueldades que, para tan altivas criaturas, resultan un mero entretenimiento.

—Aunque queramos, no hay mucho que podamos hacer. Solo somos la mitad de lo que ellos son.

Las deidades mayores consideran que cualquier criatura que

no posea sangre divina pura es inferior, casi tan cercana a los mortales a los que tanto disfrutan causarles mal. Los semidioses no comprenden esta postura tan ilógica, pues son sangre de su sangre, mezclada con la de los mortales por elección propia. Las divinidades mayores desestiman a sus propios hijos, a los que dieron vida al involucrarse con los mortales que tanto desprecian.

—Sí, pero los superamos en número. —expresa Helena.

—Si pretendemos hacer lo que creo, no debemos dudar. Una vez que comencemos, no habrá vuelta atrás. Aceptaremos las consecuencias, sean cuales sean. —La voz firme de Medea resuena en el ágora.

Han sido eones de vivir cegados por el dominio de las deidades mayores, aceptando la ideología de la superioridad y la inferioridad. Pero esa época oscurantista ha llegado a su fin. No permitirán más vivir bajo una tiranía. No más injusticias, aunque eso signifique dar la espalda a la mitad de su linaje para proteger a la otra.

Los semidioses están dispuestos a desafiar y pelear contra su familia divina si con ello pueden salvar a su familia mortal.

El resto de las divinidades menores se pone de pie, con la palma de la mano derecha sobre el corazón y la mirada determinada. Su derecho de nacimiento les dio una obligación, y su origen, un compromiso. No siempre se pelea por necesidad, sino también por responsabilidad.

Una guerra entre deidades es inevitable, y se proyecta en el horizonte tan clara como la salida del sol.

Los Demonios Tiran los Dados, los Ángeles Entornan los Ojos

Cuando la luna está alta en el cielo y el silencio de la noche de verano envuelve el desierto, uno de los guardianes de las pirámides de Giza abandona furtivamente su puesto en la pirámide de Keops. Con la sangre ardiéndole en las venas, se dirige hacia la pirámide de Kefrén, cuidando de no alertar al guardián de la pirámide de Micerino. Ha pasado siglos custodiando las pirámides, y conoce a la perfección cómo moverse entre ellas sin ser detectado. Sus huellas de león son ligeras, pero quedan grabadas en la arena del desierto, testigos silenciosos de su paso.

Al llegar a la construcción de piedra caliza, sonríe

complacido y usa las huellas dactilares de su pata derecha para abrir la puerta oculta en la pared. Ansioso, sube por las interminables escaleras, y al llegar a la cúspide, entra con cautela en la sala de vigilancia.

La guardiana en el balcón sonríe incluso antes de volverse. Es imposible no reconocer una esencia que no tiene igual.

—Te tomaste tu tiempo.

—Bueno, es un recorrido bastante largo. —Jafari suspira.

Volviéndose por fin, Fariah avanza hacia él, tan tentadora como siempre.

—Lo sé.

Se sostiene sobre sus patas traseras y, con las delanteras, empuja el pecho de Jafari, haciéndolo caer de espaldas bajo su propio peso.

—Pero te extrañaba demasiado. —apoya la frente en la de él.

—También yo a ti.

Unen sus labios en una ardorosa danza, frotándose suavemente contra sus suaves pelajes. El calor entre ellos crece, llenándolos de una fiebre que los hace creer que pueden tocar el cielo.

A pesar de haber compartido miles de vueltas al sol, las esfinges no habían sentido ninguna chispa extraordinaria hasta ese verano, cuando el aire se llenó de algo mágico, misterioso, que los hizo caer en el ardid del amor. Todo fue tan repentino, tan vigoroso, que no tuvieron tiempo de pensar antes de comenzar un romance enigmático.

Lo mantienen en secreto, porque los ancestros de la pirámide que ella custodia tuvieron, en tiempos antiguos, diferencias con los de la pirámide de Keops. Las generaciones posteriores de guardianes se limitaron a un trato respetuoso, casi distante, que solo les permitiera cumplir con su deber.

Esa es una historia que todo Egipto conoce, por lo que mantener una relación más allá de lo profesional entre ambas pirámides evitaría el caos. Sin embargo, no evita la molestia de los ancestros de Fariah, que, a diferencia de los de Jafari, no han logrado superar el pasado, aún después de tanto tiempo.

Fariah no ha querido que Jafari lo sepa, pero ha recibido varias advertencias para que se aleje de él, que siga las reglas. Sin embargo, se ha negado rotundamente a seguir algo tan absurdo, tan anacrónico, que ya no tiene ningún sentido.

Las esfinges se ponen de pie al escuchar el suave temblor del poliedro y ver cómo las antorchas titilan. El fuego de las llamas se apaga brevemente, y cuando vuelve a encenderse, sus llamas son umbrías, frías e inquietantes.

Jafari se vuelve alarmado al escuchar a Fariah gritar desesperada. Con el rostro crispado por el horror, observa cómo gradualmente su cuerpo comienza a convertirse en piedra. La expresión de Fariah refleja solo sorpresa, no pánico, pues después de todo, se lo advirtieron. Sin embargo, sus ojos delatan una profunda tristeza, una añoranza por algo que estaba al alcance, pero que no pudo alcanzar.

—Es un riesgo que decidí correr. —intenta tranquilizarlo, su tono es sereno, casi etéreo. —Y te aseguro que valió la pena. Te amo. —pronuncia, y antes de que sus labios se conviertan en piedra, repite una vez más: —Te amo.

A veces, el sentimiento que rompe el corazón es también el que lo reconstruye.

—Te amo. —Jafari susurra entre sollozos, su rostro empapado de lágrimas, mientras la piedra la cubre por completo.

Las antorchas vuelven a encenderse, pero para Jafari el mundo está más oscuro que nunca. Con el alma hecha pedazos, se inclina ante la base de lo que ahora es una estatua, su pecho lleno de pesar. Llora hasta que no le quedan más lágrimas.

Como último acto de amor y gratitud, la devuelve a su puesto en el balcón, para que todos puedan contemplar su belleza y su sacrificio. Besando su fría y sólida frente, Jafari vuelve a su puesto en Keops, sin dar ninguna explicación a nadie sobre lo sucedido en ese cruel verano.

Una Líder Intrépida

Marina está harta de la incompetencia de su primo, quien se hace llamar capitán, y de los marineros que lo adulan únicamente por el ADN condecorado que corre por sus venas. El capitán Killian Teach no es ni la sombra de lo que su abuelo, su padre y el resto de sus antecesores fueron. Algunas veces, Marina incluso cree que detesta el mar, siempre quejándose del olor a pescado y de la sal que deja su piel reseca.

Killian no es un digno capitán, y no se esfuerza en ocultarlo. Solo le interesa que la tripulación busque tesoros perdidos en navíos hundidos, mientras él se sienta a fumar su pipa y a dar órdenes, para luego apropiarse del mérito y las recompensas.

Marina ni siquiera está segura de que él sepa cómo navegar el barco; si no fuera por el timonel, seguramente se habrían hundido hace mucho.

—Me parece que te faltó una mancha aquí, querida prima —dice Killian, señalando el suelo con cierto aire de superioridad.

Marina le lanza una mirada fulminante, pero limpia inmediatamente la suciedad, apenas visible a la vista, entrecerrando los ojos. Hace años, su primo le dejó claro que, como mujer, era afortunada de estar en una tripulación de tan alto estatus. Aunque su puesto es el más bajo y se limita a la limpieza, no puede quejarse. Después de que sus padres murieron cuando era pequeña, ese barco se convirtió en su hogar, y los mares en su mundo.

—Ya está, Killian.

—No seas igualada. Para ti soy "capitán".

—Pero los demás marineros te llaman por tu nombre.

—Ellos —ríe condescendiente—. Pero no tú. ¿Qué pensarían si una mujer se refiere a mí por mi nombre y no por mi cargo?

—¿Lo mismo que piensan de ti ahora? —responde Marina, con ironía, encogiéndose de hombros.

Killian le lanza una mirada de reproche, como si ella fuera una niña que aún no entiende su lugar.

—Marina, siempre tan ingenua.

La joven no entiende las diferencias que su primo marca siempre entre un hombre y una mujer, pero la tripulación parece estar completamente de acuerdo con esa postura. Se pregunta si solo en el mar se emplean reglas tan arcaicas o si también existen en tierra firme. Aún recuerda la manera en que se burlaron de ella cuando preguntó, en su infancia, si alguna vez podría llegar a ser capitana.

Cuando Marina termina sus tareas al final del día, se recuesta en la cubierta a mirar las estrellas que se abren paso en la oscuridad del firmamento. Es una de las pocas cosas que aún ama del mar: esa calma infinita que se refleja en los pequeños puntos brillantes sobre su cabeza. Se queda allí, absorta, hasta que una sacudida la hace levantarse de un salto.

Corre por la cubierta, cruzando entre los marineros que aún descansan, y se asoma por la proa. Al principio no ve nada, pero luego, de repente, un tentáculo enorme emerge del agua.

Asustada, da un paso atrás y empieza a llamar a gritos a la tripulación.

—¿Qué pasa, niña? ¿Por qué gritas así? —pregunta el contramaestre, sin dejar de frotarse la cara somnolienta.

—¡Hay algo en el agua! —responde Marina, con voz temblorosa.

Las risas se desatan al instante.

—¿Así que nos llamaste con tanta urgencia por algo que tu cabecita dramática imaginó? —pregunta el sobrecargo, levantando las cejas, visiblemente molesto.

—No imaginé nada, es cierto. Y no soy una dramática —se impacienta Marina.

—Todas las mujeres lo son. —añade el sobrecargo, riendo a carcajadas.

Marina cierra los ojos por un segundo, respira hondo y se

contiene para no abofetearlo.

—¡Mírenlo ustedes mismos! —señala el borde del barco.

—Muy bien, niña, pero si este es solo un juego tuyo para llamar la atención, te advierto que habrá consecuencias —gruñe Killian.

—Muy bien —responde Marina, desafiante.

El capitán se inclina sobre la proa, pero el agua sigue tan tranquila como en las noches más serenas. Los marineros se quedan mirando a Marina como si fuera una mentirosa.

Killian se vuelve hacia ella con una ceja levantada y la mirada cargada de aburrimiento. Está a punto de reprenderla cuando, de repente, un tentáculo gigantesco emerge del agua, se enreda alrededor de las piernas del timonel y lo arrastra hacia la oscuridad del océano.

Los ojos de todos se abren de par en par.

—¡Se los dije! —exclama Marina, arrepintiéndose de inmediato de sonar triunfante.

La criatura dueña de esos tentáculos surge del agua en su totalidad, imponente, fiera y aterradora.

—¿Qué mares es eso? —pregunta, ahora sí, Killian, su rostro desprovisto de color.

Marina no pierde tiempo.

—Es un kraken —responde, con una calma tensa.

El rostro de Killian se descompone al reconocer la temida criatura, cuya leyenda ha recorrido los mares durante siglos.

Pronto, todo el barco se convierte en un completo caos. Los marineros corren de un lado a otro, atacando a la criatura con lo que tienen al alcance, pero poco pueden hacer, pues el kraken les quita las armas antes de que puedan acercarse. El capitán, como siempre en momentos de adversidad, se esconde tras el mástil.

—¿Qué hacemos, capitán? —pregunta, desesperado, un oficial de máquinas.

—Yo... no lo sé... solo mátenlo —responde Killian, desconcertado.

—¡El barco está yendo directo a esas rocas! —grita el oficial, señalando las piedras que se acercan a toda velocidad. —¡Tienen que desviar su rumbo antes de que choquemos!

—¿Disculpa? ¿Quién te crees tú para darme órdenes? ¡Eso deberían hacerlo ustedes, para eso les pago! ¡Yo soy el capitán!

—Lo haríamos, pero estamos muy ocupados deteniendo a la criatura que usted aseguró que no existía —responde el hombre, golpeando un tentáculo con un tubo de metal roto. Su tono refleja la creciente frustración con su líder.

Mientras la tripulación sigue luchando, Marina recuerda con claridad el momento en el que se enamoró del oficio de corsario. Tenía solo cinco años cuando vio a su tío, padre de Killian, enfrentarse valientemente a Cipactli, una criatura híbrida de cocodrilo y animal marino, asumiendo la responsabilidad de capitán y llevando a su tripulación a completar exitosamente la misión.

Con el recuerdo fresco, Marina corre por su espada y la blande con la destreza que aprendió desde niña. Realiza un corte en uno de los tentáculos del kraken, y la criatura se retuerce, soltando un rugido gutural. Un nuevo tentáculo se alza y golpea a cinco marineros, arrojándolos por la borda.

El barco sigue acercándose peligrosamente a las rocas. Con un brillo decidido en los ojos, Marina se dirige al timón y lo toma con firmeza, anclando sus pies al suelo. Lo hace girar con esfuerzo, pero no para evitar las rocas, sino para chocarlas justo en el centro.

Después, corre hacia las velas y las suelta con rapidez. Todo está sucediendo tan rápido que no está segura de si su plan funcionará, pero algo en su interior le dice que confíe en sus instintos.

—Por Poseidón, ¿qué estás haciendo, Marina? —pregunta Killian, alarmado, al sentir el aumento en la velocidad.

—Lo que tú deberías hacer si no fueras un capitán tan inútil —responde ella, colérica.

Killian no replica, se limita a evitar que el agua salpique su rostro.

Antes de que llegue el impacto, Marina cierra los ojos con fuerza. Hay una sacudida, pero no tan estrepitosa como si hubieran golpeado de lleno las rocas. Esperanzada, abre los ojos y ve que su plan ha tenido éxito. El kraken yace inerte, atravesado por las rocas y el barco.

La tripulación, exhausta pero aliviada, estalla en vítores. Algunos marineros la levantan sobre sus hombros, vitoreando su nombre.

Luego de la celebración y la lamentación por los caídos, los marineros, a excepción de Killian, se acercan tímidamente a Marina, ofreciendo disculpas por su escepticismo y por seguir ciegamente al capitán. Le ofrecen un nuevo comienzo, el puesto de capitana, si aún lo desea.

—¿Y qué pasará con Killian? —pregunta Marina, mirando a su primo.

—Él ya fue degradado —responde el contramaestre, señalando a Killian, que, con aire de derrota, frotaba con desgana el piso de la cubierta. —Si quiere un mejor puesto, tendrá que conseguirlo con el sudor de su frente, y no con su ADN.

Marina se acerca a su primo, sonriendo con satisfacción.

—Me parece que te faltó una mancha, querido primo —dice, señalando una maderada con restos de barro.

Killian la mira con furia, pero obedece. Un grito de dolor escapa de su garganta cuando se rompe una uña. Marina no puede evitar reírse.

—Si quieres que te traten como un hombre, tendrás que ganártelo —susurra para sí misma, con una sonrisa orgullosa.

Nunca ha sido más feliz. Se siente poderosa, no porque ahora sea la capitana, sino porque ha demostrado que su valor no depende del género, sino de sus acciones. El mar, finalmente, le ha dado lo que siempre ha querido: respeto, no por ser hombre o mujer, sino por ser quien realmente es.

Demasiado Ruidoso

Ruby cae al suelo con un golpe seco, no tiene tiempo de recuperarse antes de que su padre la levante violentamente del brazo para azotarla en el tronco de un árbol.

—¿Cómo te atreves a decir tal atrocidad?

—Es solo la verdad.

El alfa de la manada la abofetea con tal fuerza que tiene que sostenerla para que no vuelva a caer. A la chica le sangra la nariz, tiene un corte en la frente y profundos rasguños en las mejillas.

—Fuiste tú quien envenenó a Luna con esas ideas profanas. Siempre pensé que serías tú la que deshonraría a la familia, pero tuviste que extender tu depravación a una inocente. Tú la convertiste en... en... —hace un gesto de asco.

—En nada, papá. Mi hermana es la misma de siempre. Y te equivocas. —se limpia la sangre de la mejilla. —Yo no persuadí el corazón de Luna, pero sí acepté su voluntad porque es feliz así. Mis ideas profanas y depravación —marca intensamente la ironía en sus palabras. —fueron las que le inspiraron la confianza para hacerme parte de uno de los aspectos más importantes de su vida.

—Cállate. —toma a Ruby del cuello, clavándole las uñas en la piel hasta hacerla sangrar y luego la suelta con violencia.

—Papá, por favor. —suplica ella, tragándose el dolor. —¿Por qué no lo entiendes?

—Porque es absurdo. —grita. —Somos lobos, nos guiamos por instintos, por las leyes de la naturaleza.

—También somos humanos que sienten. —replica.

—Lo único que tú me haces sentir es desprecio. Y tu hermana, decir que me provoca vergüenza y repulsión es poco. ¿Qué voy a decirle a la manada? ¿Cómo voy a explicarle a la manda que la hija menor de su líder cayó en las aberraciones de la humanidad y que la mayor, la que será mi sucesora algún día, está de acuerdo y lo defiende?

—No sabes cuanto siento que lo veas como una aberración. —Es lo que mi hermana es, y me siento orgullosa de ello. Me siento orgullosa de lo valiente que fue al tomar la decisión de irse de un lugar que la hacía miserable a buscar su felicidad al lado de la chica que ama.

El hombre transforma sus afiladas uñas en garras y vuelve a

abofetear a su hija, causándole más daño físico, pero mucho más emocional. Ruby es consciente de lo conservador, prejuicioso y poco tolerante de su padre, pero en este momento está rebasando cualquier creencia, cualquier escenario mental que se haya creado.

Cuando el alfa de la manada encontró la nota en la que Luna confesaba no sentirse atraída por los hombres, sino por las mujeres, que desde hace tiempo sostenía una relación con otra chica de la manada y escapaba con ella para vivir lo que él jamás le permitiría, desquitó su ira en su heredera.

A Ruby le alegra que Luna se haya ido y no sea ella quien esté pagando la ira desmedida de su padre. Ya ha pasado por mucho como para agregarle el odio de su propio padre.

A pesar de las enseñanzas de su padre, Ruby se ha formado su propio juicio y no ve aberrante que a un hombre también pueda atraerle un hombre o que ve acertado cualquier orientación o inclinación; que no cree tenga nada de malo con que los hombres lloren, se pinten las uñas, sean sensibles o les guste cualquier color, así como no cree tenga nada de extraño que las mujeres sean osadas, no les guste usar vestido, sean impasibles o les guste cualquier color.

Aunque creció bajo una mirada vigilante y recelosa, no dejó que eso le impidiera expresarse y actuar con libertad.

Su mentalidad abierta y corazón libre la hicieron digna de saber desde el principio lo que sucedía con Luna, dándole la oportunidad de vivir el proceso con ella, escuchándola, intentando resolver sus dudas, calmando su ansiedad, secando sus lágrimas y haciéndole sentir tan normal como lo es.

Luna no era feliz reprimiendo su verdadera esencia, ocultando su propio ser para encajar en el que su padre quería. Nunca le gustó jugar con muñecas, pero fingía que sí; nunca le gustó usar faldas o vestidos, se sentía más cómoda con pantalones, pero se obligaba a usarlas; nunca le gustaron los colores que la sociedad dice que son para su sexo, pero aparentaba que sí. Incluso antes de que se sintiera atraída por una chica, ella tenía muy claros sus gustos y preferencias porque es lo que la hace sentir feliz y en paz consigo misma.

—Te aseguro que Luna no es la única que se siente así, no solo en orientación sexual, sino también en preferencias, pero los demás tienen demasiado miedo a ser juzgados y reprendidos por ti. Hay mujeres a las que les atraen los hombres, pero les gusta más jugar con un balón que con una muñeca o viceversa. Hay hombres a los que les atraen las mujeres, pero prefieren las películas románticas a las de acción.

—Estupideces, eso es lo único que dices. Irracional tu comportamiento.

—No, no es irracional solo porque tú no lo entiendas. ¿Qué de malo tiene amar y ser amado libremente? No afecta a nadie en nada. No te afecta a ti. —lo mira a los ojos.

Por un momento, el licántropo valora las últimas palabras de su hija. Mira el suelo y ablanda el duro semblante, pero última en volver a adoptar su expresión colérica y reprobadora.

—Eres el líder, ¿por qué no inspirar confianza, libertad a la diversidad y expresión, aceptación a las diferencias? Papá, ya no es la época en la que creciste, date cuenta de que el mundo ha evolucionado. Estás haciendo una tempestad donde no tiene por qué haberla.

—De lo que me doy cuenta es de que no vamos a llegar a ningún lado. Luna dejó de ser mi hija en el momento en que decidió convertirse en un fenómeno y si tú sigues defendiendo esas aberraciones, también dejarás de serlo.

—Te aseguro que no me interesa ser tu hija.

—En ese caso, estás muerta para mí ahora. No me importa si no me sucedes como alfa, el rango se ganará tradicionalmente.

Una parte del corazón de Ruby se rompe en pequeños trozos que jamás podrán volver a unirse, pero la otra se siente contenta de haber tenido la valentía para defender sus convicciones, ideas y principios. Aunque le duele el rechazo de su padre, no se arrepiente de nada.

—Si es lo que quieres, lo respeto. —se seca las lágrimas. —Al igual que lo hizo Luna, voy a dejar la manada.

El alfa abre los ojos de par en par, hace amago de decir algo, pero vuelve a cerrar la boca.

Luna rogó a Ruby que se fuera con ella a donde pudieran ser libres, que comenzaran su propia manada como ella como alfa, pero Ruby quiso dar un último voto de confianza a su padre. Su ingenuo cariño hacia él llegó a hacerle creer que, en cuanto él se diera cuenta de lo que estaba provocando y perdiendo, cambiaría, aún más, tratándose de su propia sangre. Ahora que ya comprobó lo equivocada que estaba y que no le queda más familia que su hermana, no tienen ningún motivo para quedarse.

—Es una fortuna que no todos en nuestra estirpe sean tan rígidos e intransigentes como tú.

Con una mirada colérica, el hombre cambia de forma y hace amago de lanzarse nuevamente contra su hija, pero antes de que pueda llegar a tocarla, un colosal lobo de pelaje plateado se interpone entre ambos. El alfa retrocede asustado y, al contemplar a la majestuosa criatura que lo mira con severidad, inclina la cabeza.

Ruby abre mucho los ojos y sus labios se separan por la impresión. Fenrir, el lobo al que los licántropos rinden culto y que muy pocos han visto, se vuelve hacia ella y asiente antes de desaparecer en la espesura del bosque.

Abatida, pero más firme que nunca después de la bendición de Fenrir, la chica le da la espalda a su padre y comienza a caminar hacia una nueva manada, un nuevo hogar como al que siempre ha tenido la ilusión de pertenecer, uno donde cada licántropo sea aceptado, respetado y querido tal como es.

—Espero que seas feliz. —sin volverse.

Es lo último que dice al hombre que no valora a nadie por lo que es, sino por lo que no es, al que no entiende que normalizar las diferencias y la infinidad de posibilidades es una riqueza del corazón y la mente.

Por Siempre y para Siempre

—Mírame a los ojos y dime que no sientes lo mismo que yo.

La lamia mira a Dylan, mortificada, el mortal al que, sin querer, permitió robarle el corazón.

—Dímelo, Dianne. —suplica Dylan, tomándola suavemente de las muñecas.

Dianne aparta la mirada, sus ojos llenos de conflicto.

—No puedo. Por favor, no me hagas esto.

—Tú no me hagas esto. —suspira, su voz quebrada—. Dianne, no te entiendo. Quiero hacerlo, pero no puedo. Cuando todo parece perfecto entre nosotros, tú te alejas sin darme una explicación. Como si recordaras que lo que tenemos no puede ser.

—Es que no puede ser. —la voz de Dianne sale quebrada, como si cada palabra le costara un pedazo de su alma.

—¿Por qué? Te amo. —sus ojos se cristalizan con la confesión—. Y sé que tú también me amas, aunque nunca me lo hayas dicho.

—No... yo... no. No puedo. Por favor.

—¿No te das cuenta de lo que esto es para mí? No puedo soportarlo. —una lágrima resbala por su mejilla—. Si me dijeras que no me amas, tendría una razón para irme, pero tus ojos me dicen otra cosa. A ellos no puedes mentirles. —el tono de Dylan es desesperado.

—No, no puedo. —responde Dianne, resignada. Cierra los ojos por un momento, dejando que las lágrimas broten sin poder evitarlo—. Te amo. Claro que te amo, ¿cómo podría no hacerlo? —una sonrisa dolorida asoma en su rostro.

—¿Entonces por qué no podemos estar juntos?

—Porque soy una cobarde. —grita, y la angustia se refleja en su voz.

—¿Qué? —Dylan la mira, desconcertado.

Dianne sube la mano lentamente hasta la mejilla de Dylan, el contacto es una dulce tortura, una que la destruye por dentro. Intenta hablar, pero las palabras no salen.

—Lo siento. No puedo.

Dianne se pone de pie apresurada, como si su corazón estuviera huyendo, dispuesta a protegerlo a toda costa. Quiere borrar todo recuerdo de Dylan de su mente, todo sentimiento por él de su corazón. Se maldice por ser tan cobarde, pero no se culpa.

—Hola.

Dylan levanta la cabeza, temeroso de que su mente le esté jugando una mala pasada, o de tener que enfrentar lo que le está costando tanto superar.

—Hola. —su corazón late acelerado, y las palabras se quedan atrapadas en su pecho.

—¿Puedo?

—Claro.

Dianne se sienta frente a Dylan, con cautela, como si cada movimiento fuera un acto de valentía. Sus ojos evitan encontrarse, pero sus corazones laten al unísono, atrapados en la misma incertidumbre.

Ninguno de los dos dice nada durante un buen rato. Se limitan a mirarse furtivamente, esquivando las palabras, mientras observan juntos el cielo vespertino, la mezcla de colores que parecen reflejar sus propios sentimientos.

—Necesito hablar contigo. Sabía que estarías aquí.

—Hábitos. —responde Dylan sin mirarla. —Dime.

Dianne suspira, intentando encontrar coraje en su interior.

—Esto no es lo que quiero. No quiero estar un momento más sin ti.

—Creo que eso no es lo que dejaste claro la última vez.

—Sí, y no he dejado de arrepentirme.

—Entonces, ¿por qué lo hiciste?

—Te dije que era una cobarde porque me negué la felicidad

y el placer para evitar la tristeza y el dolor.

—¿Eso qué significa?

La chica lo mira, las lágrimas ya empapando su rostro, pero también una luz de determinación brillando a través de su desesperación.

—Sabes lo que soy.

—¿Una lamia?

Ella asiente, como si fuera una condena.

—Y yo, un humano. ¿Eso importa?

Dianne asiente lentamente, con pesar en la mirada.

—Importa si vas a amar a alguien que eventualmente se irá de tu vida. Importa si te permites ser feliz con alguien a quien luego te dolerá recordar. Importa si idealizas un futuro con alguien con quien no lo habrá.

—¿Te refieres a que eres inmortal y yo mortal?

—Sí. —susurra, como si esa palabra fuera una sentencia—. Cuando te conocí, tenía miedo de enamorarme, y cuando lo hice, temí sentir el amor. Cuando comencé a aceptarlo, temí no poder retroceder. He perdido a tantas personas que amé... No creí que podría resistir perder a una más. Me hice la promesa de no volver a enamorarme, pero llegaste tú y me volviste una mentirosa conmigo misma. —mira al cielo, su voz llena de tristeza—. Quiero estar contigo, quiero más de lo que tenemos, pero no quiero sufrir el dolor de perderte. He tenido que empezar de nuevo tantas veces... sanar... No es que estemos pensando en casarnos o formar una familia, pero siempre está la posibilidad.

La mente de la lamia viaja, recorre siglos atrás, pasando por todas las personas que vio llegar y partir, los momentos felices y los de dolor. Si alguna vez se imaginó casándose, formando una familia, ni siquiera puede recordarlo. Pero ahora, una nueva intención la sacude con fuerza.

—No puedes hacerlo otra vez.

Dianne lo mira, el dolor reflejado en sus ojos.

—Ahora creo que sí. Fui una estúpida al pensar que alejarme de ti era lo mejor, que así protegería mi corazón del dolor. Pero no fue así. Lo único que hice fue torturarme estando lejos de ti. El dolor de la pérdida es indescriptible, pero el saber que, por decisión propia, estoy desperdiciando la oportunidad de mi vida al alejarme de lo que siento por ti es aún peor. El miedo a perderte... es demasiado abrumador. No comprendía que no debo temerle al amor, porque, aunque incierto, vale la pena. —las lágrimas caen, llenas de rendición, sobre sus mejillas y labios.

Dylan la mira, asombrado por la fuerza de sus palabras, y una sonrisa tímida comienza a formarse en su rostro. Una risa baja y suave sale de sus labios.

—¿Tú tienes miedo de perderme? Soy yo quien estaba aterrado de perderte. Nuestros momentos siempre fueron confusos, no sabía si lo estábamos haciendo mal o si lo estábamos haciendo bien. No es la misma pérdida y tal vez no sea el mismo dolor, pero puedo entenderlo. —le acaricia la mejilla con el pulgar, su toque es cálido, reconociendo la fragilidad de ambos. —En tu lugar, también querría proteger mi corazón.

Dianne lo mira, sorprendida por la comprensión de su dolor.

Dylan toma sus manos con delicadeza, como si sostuviera su alma.

—Quiero arriesgarme, aunque sé que voy a perder. Porque, aunque duela, eso es lo que significa amarte: entregarse sin reservas, apostarlo todo. Tengo tanto, tanto miedo de perderte, pero prefiero amar y perder que no amar. Te amo, Dianne. Te amo, y quiero ser feliz contigo. Quiero apostar todo por un futuro a tu lado, breve o largo. Si... si es que aún quieres uno a mi lado. —su voz se quiebra, llena de pánico.

Dianne lo mira, su corazón se acelera, pero esta vez con una mezcla de alivio y valentía.

—No puedo prometerte estar toda tu vida contigo, pero sí lo que la vida nos permita. No será fácil, pero lo enfrentaremos juntos.

Dianne ha apostado al amor y siempre ha perdido, pero esta vez algo dentro de ella le dice que no será igual. Porque Dylan es alguien que nunca pensó que se cruzaría en su camino. Alguien a quien, a pesar de todo, ve en su futuro. Alguien que podría ser el amor de su vida. Nunca había sentido el amor de una manera tan profunda y pura. Con él, vale la pena arriesgarse.

—¿Eso quiere decir que...?

—Nos arriesgaremos juntos. —responde Dylan con una sonrisa de esperanza.

Ambos, con los ojos brillantes de emoción, se acercan lentamente, ansiosos por entregarse el uno al otro. La decisión ya está tomada. Y como todo en el amor, se trata de arriesgarse, de ganar y perder, de entregarse sin temor.

—Dylan. —pronuncia Dianne, apenas un susurro.

—Dianne. —pronuncia Dylan, su voz llena de esperanza.

No lo razonan, simplemente se entregan a la emoción que los envuelve. Sus labios se encuentran en un beso cálido y profundo, un beso que trasciende todo miedo. Al separarse, no hay inseguridad, ni temor. Solo amor, un amor impetuoso, correspondido. Sonríen, las mejillas encendidas por el ardor del momento, mientras sus frentes se tocan, compartiendo la paz que ahora sienten, dispuestos a vivir la aventura de su amor, sin importar cuánto dure.

Humo Invisible

—¿Por qué estás aquí? —pregunta Krista, levantando la voz, con la cabeza escondida entre las rodillas y las lágrimas resbalando por sus mejillas—. ¿Por qué sigues en mi vida? —pronuncia, ahora con suavidad, levantando la cara hacia su amiga—. ¿Por qué no te has ido, como todos los demás?

Dahlia se arrodilla junto a ella, su rostro reflejando preocupación.

—Eres mi mejor amiga. Jamás te abandonaría.

Krista niega con la cabeza, sus ojos fijos en el suelo.

—No lo entiendes. Soy... soy esto. —señala su traje de guerrera y las armas colgadas a su cinturón—. Soy una asesina.

—¿Uno de los seres míticos más dominantes? —pregunta Dahlia, intentando suavizar la situación.

—No soy una buena persona. Soy una asesina. —azota su arco plateado contra una roca cercana, el golpe resonando con fuerza.

—Proteges nuestro mundo. No matas a inocentes, solo a aquellos que lo merecen.

—Nadie lo merece, al menos no por mi mano. —hace una mueca de pesar—. Y aunque lo hiciera, me siento vacía.

Dahlia la observa, preocupada, pero también con una mirada llena de comprensión.

—Es para lo que naciste, Krista.

—Sí, pero pienso que hasta mi nacimiento fue un error. —su voz se quiebra ligeramente—. Tan es así que siento que la vida me castiga por las vidas que he tomado. He sido la cazadora, pero ahora soy la presa. Se me dio una oportunidad al nacer en esta gloriosa estirpe, pero no he hecho más que desperdiciarla. He perseguido un sueño, una fama, sin valorar lo que ya tenía. He hecho todo mal... muy mal. —una nueva ola de sollozos la sacude—. Y ahora estoy sola. Tú eres la única que se ha quedado, pero... pero también te haré daño. Tarde o temprano te defraudaré. Me lastimaré a mí misma y te lastimaré a ti.

Dahlia la observa en silencio, procesando las palabras de su amiga. Luego, con suavidad, le habla.

—En realidad, yo diría que escogiste el camino más difícil. No eres perfecta, Krista, pero tampoco eres lo peor. ¿Sabes por qué lo creo?

Krista la mira, sin saber qué esperar.

—Porque todos cometemos errores. Algunos más grandes que otros, pero todos. Tú cometiste errores, sí, pero ahora estás viviendo las consecuencias. Y es difícil. Pero eso no significa que la vida te castigue. Te educa. Te enseña. No puedes cambiar lo que hiciste, pero sí puedes cambiar lo que harás. Te arrepientes. Y eso es lo que importa.

Krista cierra los ojos, su pecho agitado por las emociones encontradas.

—Me arrepiento porque cada noche siento el peso de la soledad, el peso de mis decisiones. Y luego me odio por pensar así. He vivido rodeada de muerte tanto tiempo que la hostilidad se volvió mi segunda piel. Tal vez mis acciones no fueron malintencionadas, pero... no dejan de estar mal. No quiero seguir siendo esto, pero tampoco quiero dejar de serlo.

—Está bien. —Dahlia posa una mano suave sobre la de Krista—. Está bien. Estás pasando por la peor batalla que has enfrentado, la batalla contigo misma, buscando tu identidad. Te sientes perdida, lo sé. Pero no hay nada que no se pueda solucionar. Tal vez tus razones no sean las mejores para arrepentirte, pero lo estás haciendo. Si quieres que los demás te perdonen, primero tienes que perdonarte a ti misma. Saber quién fuiste, para saber quién eres, y para saber quién quieres ser. —sonríe con ternura—. No tienes que arrancar tu pasado de raíz de la noche a la mañana. Es un proceso. Ya diste el primer paso. Ahora, confía en el tiempo, en tus instintos, y en lo que te hizo tomar esa decisión. Pudiste haberte quedado con las sombras, pero no lo hiciste.

—La sensación de culpa es tan grande que a veces siento que

no puedo soportarla.

—Entonces déjame ayudarte. —su tono se suaviza aún más—. Hagámoslo juntas. Entiendo que no ha sido fácil, pero eso no es todo lo que eres. Eres mucho más que eso. Y por eso sigo aquí. Porque lo veo. Ahora, es tu turno de verlo también.

Krista la mira, sintiendo una calidez en su pecho. Las palabras de Dahlia tocan su alma y una mezcla de gratitud y alivio inunda su ser. De repente, la carga parece un poco más ligera.

Con una sonrisa tímida, se abandona en los brazos de su amiga, dejándose envolver por la calma y el amor que ahora la rodean. Si hay alguien capaz de ver más allá de lo que fue, esa es Dahlia. ¿Por qué no hacerlo ella misma también?

La batalla en su interior es feroz, pero esta vez, sabe que no está sola. No se rendirá. El futuro, ese futuro lleno de posibilidades, será lo que la defina, no su pasado. Ahora puede ver una luz tenue al final del túnel. Y sabe que, aunque la peor batalla es la que no se atreve a librar, ella está dispuesta a pelear.

Un Poco Más Valiente

Desde pequeños, ellos han vivido en mundos distintos.

Él, un niño humano, no conoce el miedo hacia lo desconocido. Ella, una niña gorgona, desconoce la aprensión que su propia estirpe siente hacia lo que es diferente. En ese día en el bosque, mientras el sol se filtra entre las hojas, sus ojos se encuentran, y una amistad improbable comienza a forjarse, sin que ninguno de los dos se detenga a pensar en lo que los separa.

A medida que crecen, esa amistad se convierte en algo más, algo más grande que ellos. Gema, con sus serpientes en el cabello y sus pupilas alargadas, desea conocer el mundo de Mateo, el mundo de los humanos, mientras que Mateo, con su alma curiosa, anhela adentrarse en el de ella. La vida, tal como la conocen, no tendría sentido sin el otro.

Sin embargo, el temor está siempre presente. Las estirpes de ambos jamás permitirían que estuvieran juntos. Los humanos temen lo que no entienden, y Gema, con su mirada petrificante, sus ojos exóticos y serpientes que se mueven de manera inquietante en su cabello, es el epítome de lo que los humanos consideran monstruoso. En su mundo, los gorgones ven a los humanos como seres inferiores, llenos de prejuicios, no dignos de conocer los secretos que guardan.

Pero el amor no entiende de barreras, ni de miedo. Después de mucho pensar, Gema y Mateo deciden que lo arriesgarán todo. El desconocido ya no será tan aterrador.

Con valentía, él se prepara para adentrarse en el bosque donde su estirpe jamás se atrevería a entrar. La bruma, los árboles retorcidos y el clima gélido del bosque de los gorgones no lo detienen. Con el tiempo, descubre que esa atmósfera oscura no es más que una coraza que oculta un mundo muy parecido al suyo, con seres que viven sus vidas con normalidad. Nadie lo ve, nadie lo percibe como extraño, pues entre los gorgones, él es solo uno más, un ser humano que se ha colado en su mundo.

Por su parte, Gema oculta su naturaleza en el mundo humano. Tapa sus serpientes y sus ojos alargados, para poder caminar por calles llenas de personas que no la miran con horror. En este mundo, es solo una chica más, sin monstruos ni miradas de rechazo. Es simplemente Gema, como cualquier otra persona, sin la carga de su diferencia. Nadie la trata como un monstruo, y por primera vez, puede disfrutar de una vida cotidiana, de la sencillez de ser vista por lo que es, sin que su apariencia cause temor.

Con el paso de los meses, su relación florece. Ambos se sienten completos en este pequeño refugio que han construido juntos, compartiendo momentos simples pero valiosos. Se convierten en una pareja que, aunque vive bajo la sombra de la diversidad reprimida, disfruta de cada instante robado, de cada sonrisa que se dan sin miedo. Los momentos de privacidad se atesoran con devoción, porque no hay nada que los haga sentirse más plenos que el saber que el uno al otro se entregan completos, sin máscaras, sin temor a ser rechazados.

Es en esta confianza, en esta vulnerabilidad compartida, donde realmente se enamoran, porque el amor es, al final, la capacidad de entregarse sin reservas, de confiar en la posibilidad de ser auténticos. De ser quiénes son, sin importar lo que el mundo piense.

Saben que no podrán ocultar lo que son para siempre. Los ojos curiosos y las miradas incisivas están siempre ahí, observando, juzgando. Saben que su amor es una rebelión contra los prejuicios que gobiernan sus mundos, y aun así, deciden tomar el riesgo. Deciden mostrarse al mundo tal cual son, sin disfraces, sin ocultarse.

Y cuando las miradas les atraviesan, cuando sienten que el aire se les escapa del pecho y el miedo les aprieta el corazón, lo que sienten no es miedo, sino liberación. Porque es lo que necesitan para vivir en paz, para vivir su amor sin miedo al qué dirán. Juntos, se sienten completos, y saben que, pase lo que pase, están dispuestos a afrontar lo que el destino les depare, porque el amor, en su forma más pura, los hace invencibles.

Soñando con el Día

—¿Problemas otra vez? —pregunta Kally, sentándose al lado de Liam, que tiene las alas plegadas y el rostro marcado por la frustración.

El sol de la tarde baña el parque en una luz suave, y el viento agita ligeramente las hojas de los árboles, creando un ambiente sereno que contrasta con la tormenta interna del chico.

—Dramas, diría yo. —Liam se pasa la mano por el cabello con un gesto exasperado.

<Entonces, ¿por qué sigues ahí?> le gustaría preguntar a Kally, pero se contiene, no es el momento de cuestionarlo.

—¿Quieres contarme?

—No quiero aburrirte con mis problemas.

—Eso jamás.

Liam le dedica una ligera sonrisa, un gesto pequeño pero lleno de gratitud. Kally sabe que es ella quien siempre lo escucha, quien le da espacio para hablar sin juzgarlo.

Después de un largo silencio, donde la voz de Liam se ha desvanecido, Kally espera. ¿Habrá algo más? Se pregunta, mientras observa cómo la tristeza en sus ojos parece quedarse flotando en el aire.

—¿Pelearon porque no te gusta la misma música que a ella? —pregunta Kally, casi incrédula, mirando a Liam con los ojos entrecerrados.

Liam asiente, avergonzado.

—Sí, es un drama. —murmura, con un suspiro resignado.

—Bueno, lo de siempre, ¿no? —dice Kally sin demasiado tacto, pero con una sonrisa cargada de complicidad.

—Lo sé. —Liam suspira, reclinándose en la banca, mirando al cielo.

—¿Qué vas a hacer? —pregunta ella, aunque en el fondo sabe la respuesta. Sabe que no cambiará nada.

—Lo de siempre, supongo. —responde Liam con amargura, como si estuviera resignado a una rutina que lo desgasta.

<Pedirle perdón sin merecerlo e insistir hasta que ella se digne a aceptarlo, hasta que vuelva a sonreírle, hasta que todo esté "bien" otra vez... hasta la próxima pelea>. Kally reprime las ganas de golpear a Liam en la cabeza por ser tan ciego y no darse cuenta. <Perteneces conmigo> piensa, mientras la frustración le hierve en las venas. Porque a veces, quien no tiene

a alguien, valora lo que tiene mucho más que quien ya lo posee.

—Sabes que no hiciste nada malo, ¿verdad? —dice Kally suavemente, tocando su brazo. —Las diferencias son parte de las relaciones, comprenderlas y aceptarlas también. ¿Por qué tú tienes que aceptar las suyas y ella no las tuyas? No parece muy equitativo.

—Si tan solo ella lo viera así.

Liam se reclina nuevamente, cerrando los ojos mientras la brisa acaricia su rostro. Las palabras de Kally, siempre tan sabias, flotan en su mente. Es ella quien siempre tiene las palabras que necesita escuchar, la que le ofrece claridad cuando las dudas lo nublan.

Kally lo mira con el corazón encogido. Odia verlo sufrir así, pero lo odia aún más por no darse cuenta de lo que tiene frente a él. Él está atrapado en una relación que, al principio, parecía perfecta: ella es todo lo que cualquier chico querría, ¿verdad? Belleza, talento, fama, todo lo que se puede ver en su superficie. Pero Kally sabe que no es suficiente. Y aunque le duela pensar en ello, también sabe que es a ella a quien Liam necesita, no a esa chica superficial.

<Si no lo hace es porque no es la indicada para ti.> Es la única verdad que Kally puede aferrarse. Ella, al menos, sabe quién es.

—¿Puedo preguntarte algo?

—Lo que sea. —Liam se incorpora, girándose hacia ella con una expresión sincera.

—¿Estás enamorado de ella?

La pregunta lo toma por sorpresa. Nunca había parado a pensar si estaba con ella por amor o por la fascinación que sintió en un principio, por lo que representaba para él. La imagen de ella, tan brillante y perfecta, la emoción de ser parte de su mundo.

—Yo... No siento nada por ella. —responde finalmente, como si al decirlo en voz alta, algo dentro de él se liberara.

El corazón de Kally da un vuelco, un sentimiento cálido de alivio y esperanza. Quizá no está tan perdido como pensaba.

—Creo que estoy con ella solo por... no lo sé. Ya no lo sé.

—Se atrajeron superficialmente antes de... —Kally omite la palabra. No le gusta pronunciarla. —pero no interiormente como deberían. Tal vez no es lo que esperabas, tal vez ninguno de los dos lo es. Pero bueno, ya sabes, admitirlo puede resultar... complicado.

Liam la mira, sus ojos reflejan una gratitud profunda, como si nunca hubiera comprendido tan claramente su propio corazón. Es ella quien siempre lo comprende, quien lo ve, lo escucha, lo entiende. En ese momento, todo parece tener sentido.

Un rato después, Liam ya ni recuerda por qué había llegado al parque a lamentarse. Ahora, con las alas extendidas y una risa sincera que llena el aire, se siente más ligero, más libre. Se siente bien. Y es que cuando está con Kally, el tiempo parece detenerse. Ella es su refugio, su espacio seguro. Es ella quien siempre lo sostiene, quien lo hace sentirse como si nada más importara.

Con delicadeza, Kally aparta un mechón de cabello rebelde

de su rostro, y Liam la observa, embobado por su sencillez, por esa sonrisa tan suya, tan única. Es esa sonrisa, la que hace latir su corazón más rápido. La misma sonrisa que se convierte en la última imagen que ve antes de dormir.

¿Cómo pudo ser tan ciego? Durante todo este tiempo, ha tenido a la chica ideal frente a él y no fue capaz de verlo. Es ella, siempre lo fue. Kally es todo lo que ha necesitado, todo lo que ha buscado en el lugar equivocado. Y ahora que por fin lo sabe, el miedo de perderla lo invade, porque, de alguna forma, siempre ha sido Kally.

Solo Di Sí

—¿Estás segura? —pregunta Nathan, mirando a Gaia a los ojos, como si en ese momento toda su vida dependiera de esa respuesta.

—Nunca he estado más segura de nada en mi vida. —Gaia responde sin vacilar, una sonrisa tímida asomándose a sus labios. —Estaba preocupada de que no llegaras.

—Eso nunca. —Nathan sonríe, un brillo decidido en su mirada.

Los colores del bosque parecen intensificarse con el atardecer, el aroma de la tierra mojada y el murmullo del viento en las hojas creando una melodía suave y cómplice. El sol se va escondiendo detrás de los árboles, dejando que las sombras se alarguen y se fundan con el futuro incierto que ambos están a punto de abrazar.

Este es el momento. Gaia y Nathan están a punto de saltar, sin mirar atrás, a un nuevo destino. El bosque, con su quietud ancestral, es el único testigo de lo que está por ocurrir, el único que podría detener la historia de amor entre una princesa de las dríadas y un humano. Pero para ellos, los obstáculos que podrían interponerse son irrelevantes. Lo único que importa es lo que sienten, lo que han decidido ser el uno para el otro.

Gaia siempre ha visto a Nathan como su igual, nunca como la "poca cosa" que su padre le ha dicho que es. Desde el primer momento en que sus caminos se cruzaron, la esencia de su ser le pareció tan genuina y profunda como la de cualquier ser mágico. No cree que los humanos sean inferiores a las criaturas mágicas, solo que su magia es diferente. Visible o no, la magia de Nathan está en su corazón, en su capacidad de amar, de sacrificarse, de hacer que el mundo a su alrededor se vuelva un lugar mejor.

—Lo sé. —Gaia susurra mientras pasa la palma de su mano por el tronco de un árbol, el cual ha sido su guardián durante toda su vida. El árbol, que la vio crecer y desarrollarse, es su vínculo con la tierra que deja atrás. Es la despedida más dolorosa, pero también la más hermosa. Porque está dejando ir una parte de sí misma para abrazar un futuro incierto, pero lleno de esperanza. —Nunca pensé que tendría que tomar una decisión como esta... Pero lo haría mil veces más si eso significa estar contigo.

—Y yo estaré a tu lado, siempre. —Nathan la mira con una promesa en sus ojos. Sabe lo que Gaia está sacrificando, lo que está dejando atrás. Sabe que su amor es un regalo precioso, que el futuro está lleno de incertidumbre, pero su corazón late con fuerza, y esa certeza es lo único que le importa ahora.

Juntos, se acercan al portal que Gaia ha abierto con un suave gesto de su mano. La energía mágica fluye, envolviendo sus cuerpos, creando un puente hacia lo desconocido. Gaia lo toma de la mano, y aunque el mundo alrededor parece desmoronarse, todo lo que sienten es paz, un sentimiento profundo que proviene de la certeza de que este es el camino correcto.

—Te amo. —Gaia susurra, y esas dos palabras llenan el aire, flotando entre ellos como una melodía.

—Te amo. —Nathan responde, sintiendo su corazón latir en sincronía con el de ella.

Con ese último suspiro, cruzan el portal. La luz de la magia les envuelve, llevándolos a una nueva vida. Un futuro juntos, donde el amor es lo único que importa. No saben qué les deparará el destino, pero tienen la certeza de que, en algún lugar, habrá un hogar para ellos, un lugar donde sus familias puedan entender lo que ellos ya saben: que el amor verdadero no conoce barreras.

Y aunque el camino por delante esté lleno de desafíos, Gaia y Nathan saben que su amor será suficiente para superar cualquier obstáculo, como siempre lo ha sido.

El Camino No Tomado

Los acompasados pasos hacen temblar la mansión, los cristales se sacuden y el candelabro de la sala se mece. Los padres de la chica la miran aterrados, esperando que les dé una respuesta a lo que sucede.

Hay un minuto de quietud antes de que la puerta se desprenda de sus goznes, dejando ver la criatura que ella tanto ha temido: una cabra bípeda de gran altura, con un cráneo de por cabeza y cuerpo hecho del tronco de un árbol

—¿Daphne? —llama la mujer de mediana edad.

—Lo siento mucho. —se disculpa ella con la voz entrecortada y sintiendo la sangre congelada.

—¿Qué es eso? —inquiere el padre de la chica.

—Un leshen.

Daphne sabe que la criatura la busca, que quiere algo de ella, pero ¿qué?

—Lo haré esta noche.

—¿No será peligroso? —preguntó Danae.

—Espero que no, aunque de cualquier forma lo haré. —respondió la chica determinada.

—Daphne...

—Digas lo que digas, lo haré de cualquier forma. —interrumpió.

—Es que no lo necesitas.

—Claro que lo necesito, tú más que nadie lo sabe. Evret no puede saber que le he estado mintiendo, que soy solo la hija de una costurera y un leñador.

—Si él te quiere tanto como dice, eso no le importará.

—No lo entiendes.

—No, la que no lo entiende eres tú. Eres mi mejor amiga, deberías apoyarme. —reprochó.

—Lo haré. Pero que quede claro que no estoy de acuerdo. —sentenció.

El leshen entra a la casa, dejando un hueco grande en la entrada. Emite un sonido gutural y clava sus ojos vacíos en Daphne, retándola. Con un solo salto está frente a sus padres, respirándoles tan cerca que pueden sentir el calor de su aliento y el desagradable olor a almizcle.

Daphne se interpone entre ellos y la criatura para protegerlos; sabe que no tiene muchas posibilidades, pero al menos lo intentará. ¿Por qué tuvo que volver a casa? Desde que aquel trágico otoño en el que, a pesar de tenerlo todo, se sentía vacía, nostálgica y pesarosa, abandonó su pequeña ciudad natal, sus padres la invitan a pasar las fiestas con ellos para menguar un poco su sentir.

Es una latente y agobiante sensación que cobra una nueva magnitud al estar de nuevo donde comenzó, es la maldita temporada que la vuelve más sensible. El pasado no se olvida, pero se supera.

El leshen le dedicó una mirada furiosa antes de darse la vuelta y comenzar a revolver la casa. En pocos minutos cada habitación está deshecha. Los golpes y alaridos más fuertes dejan ver que está furioso por no encontrar lo que busca.

Corre hacia la chica y la toma del cuello, levantándola en el aire. Sus padres ahogan un grito e intentan acercarse, pero la criatura hace crecer una pared de ramas en su espalda, impidiéndoles el paso.

<Recuerda. Recuerda> se repite Daphne una y otra vez, pero en su memoria solo hay vagos recuerdos de ella bebiendo un líquido verde de un vial de cristal.

En cuanto cayó la noche, Daphne y Danae se aventuran en el bosque. Todo está en silencio, salvo por el crujir de sus pisadas en las hojas secas que cayeron de los árboles.

—¿Ese es el árbol?

—Lo es. —Daphne señaló una página del libro que llevaba entre las manos.

Se acercó dubitativa al roble que se levanta tan alto como si quisiera alcanzar el cielo. Además de su tamaño, no parecía haber nada extraordinario en él, incluso estaba un poco seco.

Daphne volteó a ver a su amiga y ella asintió Entonces tomó el hacha de su padre y comenzó a hundirla con sumo cuidado en el amplio tronco. Casi una hora después, la herramienta finalmente hizo contacto con algo metálico.

Daphne introdujo la mano en el hueco del tronco y sacó un cofre de cobre. Con la mirada esperanzada lo abrió y se encontró con lo que tanto anhelaba, una sola moneda de oro. Volvió a cerrarlo y regreso con Danae que la esperaba sentada en una piedra.

—Muy bien, ahora vámonos.

Un sonido gutural les erizó la piel. La tierra tembló y en seguida estuvieron rodeadas de gigantes, extrañas y temibles criaturas con expresiones amenazantes. No supieron cómo, pero lograron escapar, lograron sobrevivir.

—Eso estuvo....

—¿Danae?

La chica no respondió.

Ella no logró escapar, no logró sobrevivir.

O tal vez lo hizo, pero Daphne tuve demasiado miedo para volver a internarse en el bosque. La abandonó.

El leshen se detiene, guarda silencio y cierra los ojos. Cuando los abre, se ubica de un salto en el centro de la sala. Da un golpe al concreto y después otro, hasta que queda al descubierto lo que hay debajo de él.

En sus enormes y retorcidas manos, el cofre rojizo parece un juguete. Lo abre con sumo cuidado y toma la moneda de oro que hay en su interior, la presionó contra su pecho y casi parece que sonría.

Vuelve a guardarla y por un momento Daphne cree que se irá sin más, pero de pronto se vuelve y la golpea con su brazo de madera, lanzándola contra la pared. Todo da vueltas en la cabeza de la chica. Está confundida, aterrada y desesperado por saber qué es ese cofre que parece ser muy importante para el leshen y por qué está bajo la casa de sus padres.

Finalmente, la criatura vuelve por donde llegó, dejando a Daphne llena de preguntas y a sus padres pálidos y trémulos.

Cuando Daphne volvía a su modesta casa, Evret la esperaba recargado en el porche de la modesta casa.

—Evret. —pronunció con los ojos muy abiertos y la voz temblorosa. Un sudor frío le recorre la espalda y su piel pierde todo el color.

—¿Por qué? —exigió saber.

—Yo... —volvió a cerrar la boca, siendo incapaz de hablar sin que sus palabras se convirtieran en llanto.

—Lo teníamos todo, ¿por qué destrozarlo?

Daphne se limpió las lágrimas.

—En eso te equivocas. No lo teníamos todo. —solloza. —Tú eres... —extiende la mano, señalándolo. —Y yo solo soy esto, —señaló la casa. —la hija de una familia de clase baja.

—¿Y?

—De haberlo sabido, jamás te habrías fijado en mí.

—¿Eso piensas? Pues poco me conoces. —reprochó.

Al ver la expresión incrédula en el rostro de Daphne, Evret siguió hablando, esta vez en un tono más bajo y menos áspero.

—Daphne... ¿Es ese tu verdadero nombre?

La chica asintió.

—Daphne yo te amo. Te amo por lo que eres, no lo porque tienes. No me importa si vives aquí o en un palacio, si usas joyas o no. Creí que me conocías lo suficiente para saber que las clases o los estatus sociales no son importantes para mí, que no soy tan superficial.

Daphne suspiró aliviada al ver un rayo de luz en medio de su tormenta.

—No puedo creer que me mintieras por tantos años, que no fueras honesta conmigo cuando yo sí lo fui contigo y te abrí mi corazón. Debió haberte parecido muy divertido.

—No, no, nada de eso. No fui honesta contigo porque tenía miedo; me aterraba perderte. Pero te amo, en eso jamás te mentí. No tienes idea lo que es saber que no te importa mi origen.

—No, tu origen no, pero sí el engaño. No podemos seguir.

De pronto, el cielo volvió a cerrarse para Daphne, haciéndola sentir mareada y agónica.

—No puedo perdonarte por lo que hiciste.

—Lo siento. —las lágrimas le caían como una cascada. —Lo siento muchísimo. No era mi intención avanzar tanto. Pensaba decirte la verdad en el momento correcto, pero luego me enamoré tanto de ti que no quise que nada te alejara de mí.

—Pues eso fue justo lo que conseguiste.

Evret se alejó sin decir más, y Daphne lo observó hasta que se perdió de su vista nublada.

Al entrar a su casa, se derrumbó por completo, dejándose caer de rodillas al suelo. No podía soportar la culpa de haber arrastrado a su mejor amiga a una aventura así de peligrosa y haberla abandonado a su suerte y el dolor de haber decepcionado a Evret. Fue una cobarde, una mentirosa y una insensible.

En un destello de desesperación tomó el cofre y lo arrojó a una pared, pero de inmediato recordó por qué lo quería. Lo recogió, levantó una madera del suelo y lo ocultó.

En minutos la leyenda se hizo realidad. Su humilde casa se transforma en una hermosa y lujosa mansión, llena de riquezas. Tal vez Evret la perdonara algún día, conservaría la esperanza de aspirar a un futuro con él. Con una riqueza inagotable, nada le faltaría... Nada, salvo la chica que fue su amiga desde que tenía uso de razón y el chico con el que deseaba pasar el resto de su vida.

Volvió a llorar, maldiciéndose y golpeándose. En un momento de sosiego, tuvo la lucidez suficiente para tener la mejor o la peor de las ideas.

Se dirigió con el mago del pueblo y le pidió algo que la hiciera olvidar su cobardía, su culpa y su dolor. Él le dio un vial de cristal con un líquido de un verde brillante y le advirtió que los efectos serían irreversibles, pero aun así ella bebió.

Una Obra de Arte

Eyra y Aleksander tienen vidas prodigiosas dedicadas a la magia. Son prestigiosos brujos que, con un solo parpadeo, son capaces de destruir y edificar ciudades enteras. Tienen estatus y poder, pero, a pesar de ello, se sienten vacíos.

Se conocieron en una reunión del aquelarre y, después de unas cuantas, comenzaron a acercarse, descubriendo que comparten el mismo interés y la misma fascinación por los encantamientos, invocaciones y rituales. Desde entonces, pasan la mayor parte del tiempo juntos, viéndose en privado, compartiendo sus logros y fracasos.

Hay momentos en los que su cercanía les resulta confusa,

pues está acompañada de frenesí, pupilas dilatadas, palpitaciones aceleradas y remolinos en el estómago. Han tenido que explorar, por medio de posiciones y estudios, esas raras sensaciones que los aterran. Están acostumbrados a tener el control de todo, a saber, el porqué de todo, y no saber lo que les pasa los enloquece.

Después de mucho buscar sin encontrar y de investigar sin resolver, llegan a una teoría que no descartan, pero no le tienen demasiada confianza.

—¿Qué haces?

Aleksander sorprende a Eyra, haciendo que casi se caiga del banco de metal.

—Na-nada, solo hacía unas pruebas —dice nerviosa.

—¿En ti?

—Sí...

La mirada del brujo recorre los electrodos en el pecho de Eyra y luego los papeles extendidos sobre la mesa. Su atención se centra en una hoja con el título "Hipótesis del Amor". La bruja se apresura a arrancarse los electrodos y arrugar el papel en su puño.

—¿La Hipótesis del Amor? —Aleksander palidece.

—Es una... una... un trabajo para... —Eyra está segura de que, de no estar sentada, ya se habría desmayado.

Aleksander pone la carpeta que lleva sobre la mesa, enfrente de la joven, y la abre con manos temblorosas. Ella lo mira y luego las anotaciones, diagramas y gráficas en las hojas. A medida que lee, sus ojos se abren de par en par.

—¿Tú...? ¿Te pasa lo mismo?

Aleksander asiente con suavidad.

—Intenté buscar una explicación lógica, que la ciencia y la magia me dieran la respuesta, pero fallé porque estaba en el camino correcto —señala un diagrama circular en el que se leen las palabras: cariño, deseo, celos, admiración, honestidad, confianza, alegría, atracción y dedicación.

—Jamás encontraríamos la respuesta porque los sentimientos no tienen explicación —dice la bruja, con las mejillas encendidas.

Aleksander niega con la cabeza.

—Te sientes así cuando... cuando estás...

—¿Contigo? Sí —baja la mirada—. ¿Y tú, cuando estás...?

—¿Contigo? Sí.

Los brujos permanecen en silencio, reflexionando sobre ese sentimiento tan nuevo para ellos, la sensación de estar enamorados, pero al darse cuenta de que de nuevo lo están razonando, se reprenden mentalmente.

Después de ese día, no se han acercado más y, con las intenciones definidas, llenos de calma, descubren lentamente la belleza del romance, dejándose guiar por sus emociones y sentimientos, sin detenerse a buscar explicaciones. Se dejan llevar como hojas de sauce por el viento. El amor es complicado de entender si se razona con la cabeza y no se siente con el corazón.

Lo que Murió No Se Quedó Muerto

Como cada año, desde hace siete vueltas al sol, Kaira lee el libro que tantas emociones provoca en ella. La época no es fácil, pero leer esa historia hace que sea mucho más ligera.

Las lágrimas de la zombie resbalan ocasionalmente por sus mejillas, cayendo en las páginas que cuentan la historia de la mujer más buena, a quien la vida pagó con una enfermedad que embistió su existencia hasta extinguirla. Una historia tan desgarradora como consoladora para la chica que perdió a la mejor de las abuelas de la misma injusta manera.

Por mucho tiempo, estuvo furiosa con el universo entero por haberle arrebatado a una de las personas que más le importaban en el mundo. No comprendía cómo la persona más honorable que había conocido tuvo que sufrir tanto a causa de la maldición de una enfermedad que nunca buscó, cuando lo único que debió haber merecido eran bendiciones. Odiaba la idea de que personas que no aparentaban merecerlo vivieran en su esplendor, mientras su abuela, una mujer consagrada a las personas que amaba, que se esforzaba cada día por ser la mejor versión de sí misma e inconscientemente era un ejemplo para quien la conocía, hubiera sido condenada a un destino tan desalmado.

Recuerda dolorosamente a la últimamente frágil mujer, esforzándose por no doblegarse al dolor, obstinándose a encontrar el ánimo suficiente para seguir peleando por permanecer al lado de las personas que la amaban y esperanzada a un milagro. Mantuvo la fe y no se dio por vencida hasta que su corazón dejó de latir.

A veces, Kaira pensaba que sus ganas de vivir, más que por estar bien ella misma, venían de ver bien a los que la rodeaban, quienes sufrían casi tanto como ella al verla tan delicada como una copa de cristal al borde de un acantilado. No quería lastimarlos con el dolor de su pérdida, por eso se aferraba tanto a la vida. Ellos padecían por ella, y ella por ellos.

En su último día de vida, recuerda haberle susurrado al oído que estaba bien si se iba, porque ella y todos los que se preocupaban por ella iban a estar bien si ella estaba bien. Entonces, su abuela la miró por un segundo con los ojos cristalinos, le entregó el libro que leía y guardaba debajo de su almohada, derramó una lágrima y cerró los ojos para siempre.

Al principio, Kaira no lloró su muerte, pues sabía que, si se le escapaba una sola lágrima, sería real: que su abuela se iría para siempre, que no volvería a verla, ni a correr a sus brazos cuando se sintiera triste.

Cuando lo asimiló, no había más que rencor, ira y tristeza empapando su corazón. Entonces, tuvo el valor suficiente para abrir el libro que parecía hecho para ella, para destrozarle el corazón y luego reconstruírselo. Sabiendo lo que inevitablemente le pasaría, su abuela consiguió un libro que contaba una historia como la suya, en la que la vida no es justa, pero hay que aceptarla, porque en el fondo todo tiene un plan secreto, aunque momentáneamente sea incomprensible, acompañado de una nota como separador dedicada a ella.

"Vivir en el corazón de los que dejamos atrás no es morir."
—Marjorie—

En ese momento, la zombie comprendió que la vida es corta y está llena de momentos maravillosos que no puede perderse por vivir sumida en sus recuerdos. Su presente es su mejor oportunidad y el pasado, su formación.

Está segura de que eso es lo que querría su abuela, y está segura de que haberse ido de este mundo en el que tanto sufría fue lo mejor para un alma que necesitaba descansar. Se serena pensando que las cosas fueron así porque el cielo necesitaba a la más brillante de las estrellas, que guiara a tantos que lo necesitan. La memoria de su abuela dejó de ser causa de su irritación o su aflicción para convertirse en un combustible que la acompaña cada día. Nunca debió haber intentado sepultar su recuerdo, fingiendo que todo estaba bien, sino atesorarlo para mantenerla viva en su corazón y sentirla siempre a su lado. Recordar es mantener vivos a los que ya no están.

Aunque su abuela no terminó la historia, Kaira está segura de que podía predecir el final y, si no, ella misma se encargaría de demostrárselo con sus propias acciones, dejando de llorar porque se fue y riendo porque vivió.

Jamás olvidará los momentos que ahora son un eco de vida.

El Corazón Era de Cristal

El paisaje nocturno, bañado por la luz de la luna al paso del tren, sería una perfecta inspiración para que las más sublimes palabras brotaran del alma de Irina y se tomaran la forma de un poema en su cuaderno de composiciones, si no estuviera naufragando en la melancolía.

Creía tenerlo todo. Zaid, imaginaba, sería su compañero de vida y su futuro estaría a su lado. Eran felices y se amaban. Entonces, no alcanza a entender qué fue lo que pasó para que esos sueños, ilusiones y sentimientos perdieran su fuerza.

Sus desórdenes mentales desencadenaron el principio del fin en su relación. ¿Inseguridad injustificada? ¿Miedos autoinfundados? Tal vez se sintió demasiado abrumada por un compromiso por razones que ni ella misma consigue comprender, pero que su mente la llevó a creer. Ella es la única culpable de que todo fracasara. No entenderse a uno mismo es la peor de las inseguridades.

Lo único en lo que ambos contribuyeron para hacer mal fue darse por sentados y dejar de intentar. Dejaron de procurar enamorarse cada día más y cuidar del amor que ya los unía. Lo que tenían era glamuroso y lujoso, pero no suficiente para la eternidad.

Ya nada será igual. Después de una ruptura, nada lo es. Las vidas de ambos darán un giro que no solo los afectará a ellos, sino también a las personas a su alrededor, que fueron testigos del camino que recorrieron juntos.

Ahora, Irina solo puede lamentarse por ello y esperar que un ifrit se apiade de su dolor y le conceda un deseo que resuelva sus problemas de champán, volviendo el tiempo atrás para tener una segunda oportunidad de valorar su relación con Zaid, dedicarse a ella y hacer crecer su amor.

El Amor Debe Ser Celebrado

La cecaelia se acomoda el cabello, se alisa el vestido y abre sonriente la puerta. Antes de que pueda abrir la boca para saludar a su novio, él la aparta para pasar. Con una punzada en el corazón, la chica cierra la puerta y nada hacia la sala, donde Nile ya está sentado, inmerso en su celular. Se sienta frente a él y lo observa con atención, esperando que le dirija la palabra, pero después de unos minutos, pierde la esperanza e intenta comenzar la conversación.

—¿Cómo...?

—Por favor, no tengo ganas de hablar, estoy cansado. —el cecaelio la interrumpe.

Meredith vuelve a cerrar la boca, sintiendo un nudo en la garganta.

—Me iré a dormir. Buenas noches.

—¿No vas a cenar? Preparé tu platillo favorito y...

—No, estoy cansado. Me voy a dormir.

La joven escucha la puerta de la habitación cerrarse tras Nile.

—Buenas noches. —susurra.

Afligida, se traslada al comedor, donde dispuso el ambiente que creyó sería perfecto para celebrar un aniversario. Con los labios temblorosos, retira un plato de la mesa, apaga las velas del candelabro y se sienta en la penumbra.

Da vueltas a la comida que preparó con tanto amor y dedicación para celebrar tres años junto a Nile y luego se la lleva con desgano a la boca, observando la soledad en la que últimamente está sumergida.

Unos pocos bocados después, no puede seguir aparentando ser fuerte. Suelta los cubiertos, que tintinean en el plato, y se cubre el rostro con dos de sus tentáculos. A sus lágrimas se las lleva el agua, pero su dolor permanece.

Llora hasta que la opresión de su pecho se vuelve soportable y los ojos dejan de escocerle. Se dirige al espejo del pasillo y mira fijamente su reflejo, preguntándose en qué momento Nile dejó de verla como la más bella de las perlas marinas, en qué momento se volvió tan indiferente, en qué momento comenzó a molestarle su presencia.

Los últimos meses no han sido diferentes, los cecaelios se han vuelto extraños viviendo bajo el mismo techo. Al principio, Meredith creyó que todo era producto de su imaginación, pero ya no lo soporta. No soporta ser nadie para quien, para ella, lo es todo. Creyó que Nile tendría la madurez suficiente para hablarle con la verdad cuando el amor se acabara, pero no fue así. Aunque con no decirle nada, le dice todo; el silencio es una respuesta.

Aunque ella lo siga amando, no puede seguir ahí, no puede seguir formando parte de algo que la lastima.

Toma lo que puede de sus cosas, escribe una nota y la deja sobre la mesa.

Ojalá lo hubieras recordado.
Perdóname por haberte molestado con mi amor, no tendrás que tolerarlo más.
-Meredith-

Nadie Tiene que Saber

Desde que despertó en el inframundo, lo único que Tania ha hecho es contemplar al misterioso, áspero y seductor rey que, a pesar de tener tantos años como la misma creación, luce jovial y vigoroso. No solo es su excesiva belleza lo que la atrae, sino también la historia que se esconde detrás de sus ojos negros. Se siente magnetizada, completa e intrépidamente cautivada.

Quiere acercarse a él, pero los únicos que se acercan sin terminar calcinados son sus sirvientes o las mujeres que él elige para satisfacer sus deseos. Además, siempre está custodiado por Cerbero, su enorme perro de tres cabezas, ojos como linternas y pelaje tan oscuro como el ébano.

La joven no quiere que él la elija para un rato, quiere más. Tal vez los antecedentes que la condenaron a ese lugar no sean los más sombríos, pero está segura de que hay algo en ella que puede captar la atención del rey. Si él no conoce el amor, ella se lo enseñará.

No le importa lo que se diga de él, las advertencias o a lo que tenga que enfrentarse, está acostumbrada al peligro y, de cualquier forma, ya está en el inframundo, no tiene nada que perder. Un peligro solo es un peligro si sobrepasa los propios límites.

Tiene la eternidad para hacerlo, así que se tomará su tiempo para conquistarlo.

Esto No Es lo Mejor

Los nefilim tienen vidas tan arriesgadas y accidentadas que no suelen explorar el mundo del romance. Muchos tienen affaires, pero nada realmente relevante. A pesar de ser fuertes, poderosos y osados guerreros que protegen el mundo de las tinieblas, hay algo a lo que sí le temen: entregar el corazón.

Sus existencias se limitan a batallas, sangre, victorias y derrotas adrenalínicas, pero carecen de oxitocina, lo que les impide forjar lazos más fuertes y vínculos emocionalmente cercanos. Sus naturalezas los consagran al deber, pero los alejan de sus emociones, sensaciones y sentimientos.

Dareck y Jhanely, una de las nefilim más prometedoras de su generación, mantienen una relación que consideran lo suficientemente sentimental e iterativa para comprometerse a ella y no querer mirar a nadie más. Todo comenzó con una noche que terminó siendo el comienzo de algo nuevo, desconocido, imponente, inexorable y mutable. Cuando Jhanely comenzó a darse cuenta de lo que sucedía entre ellos, le aterraba saberse frágil ante una persona que, con tan solo una mirada, podía elevarla a las estrellas o hacerla caer al vacío. Le preocupaba que Dareck se dejara llevar por estereotipos y rumores, y no se diera la oportunidad de conocerla más allá de la imagen impasible, belicosa y despiadada que se tiene de los nefilim.

Como guerreros, no están acostumbrados a la impresión de la fragilidad, a actuar con torpeza, a ser inseguros o a mostrarse expresivos. Pero Dareck hace que Jhanely se sienta cómoda para compartir sus más profundos secretos y exponer sus defectos. Expresar lo que sienten los corazones vuelve vulnerable el espíritu, pero con la persona correcta esa susceptibilidad queda velada por la confianza.

La pareja se ha vuelto un hito en la historia de los nefilim y en la manera en que otras estirpes los ven, inspirando el ímpetu de aventurarse en lo que antes era insondable y, a pesar de que pueda ser delicado, de abrir corazas. Mostrarse vulnerable deja de sentirse amenazante cuando se hace con la persona correcta.

Cruzar la Línea

—¿Estás loca? ¿En qué estabas pensando? —pregunta a gritos Bahari.

—Iba a morir, tenía que salvarlo —solloza Isla.

—¿Y por una sola vida ibas a entregar las de todo el reino?

—No, yo... No lo pensé —baja la mirada.

—Claro que no lo pensaste —se oprime el puente de la nariz con los dedos—. Tal vez no seas la siguiente en la línea de sucesión, pero sigues siendo princesa. No puedes comportarte como una egoísta adolescente irresponsable y poner tus intereses sobre los de tu pueblo.

—¿Y quién se preocupa por mis intereses? Azariel moría, no podía permitirlo si podía hacer algo para salvarlo.

—Sí, pero ese algo para salvarlo pudo resultar en la extinción de todo lo que conocemos y amamos, ¿no lo entiendes?

—Entiendo que hice lo necesario para salvar a alguien que amo —molesta, la selkie le da la espalda a su hermana.

Bahari la mira incrédula.

—Ese sentimiento te está nublando el juicio. Sabía que eras imprudente, pero esto es demasiado.

—No podrías comprenderlo porque nunca has estado enamorada.

—Tienes razón —concede—. Pero enamoradas o no, somos princesas con una obligación y una responsabilidad. Nuestras vidas pueden irse al carajo, pero las de nuestros súbditos no. Entiendo que te sientas con la libertad de enamorarte porque eres la segunda en la línea de sucesión, pero eso no te da derecho a comportarte como una inmadura tonta.

La picadura de una medusa luminiscente llevó a Azariel, el novio de Isla, a debatirse entre la vida y la muerte. La selkie no podía permitir que le pasara nada, no podía perderlo, estaba desesperada. Así que, sabiendo que el único antídoto contra el veneno de la medusa es un bálsamo preparado con un ingrediente único de uno de los monstruos marinos más temidos, no se detuvo a pensarlo dos veces antes de enzarzarse en lo más arriesgado que había hecho en su vida.

Una vez en las profundidades, nadó hasta la cueva de la criatura y la encontró durmiendo en su lecho. Cautelosa, se acercó para observarla mejor, y de sus labios escapó una exclamación ahogada al percatarse de que tenía tres cabezas, lo que quería decir que alguien ya se había atrevido a entrar en sus dominios y desafiarla, aunque sin ningún éxito.

Conteniendo el aliento, se inclinó cautelosa y, contando mentalmente hasta tres, arrancó una escama del cuello de la criatura. El grindylow profirió un sonido parecido a un siseo mezclado con un rugido, despertándose furioso por haber sido molestada de tal manera.

Isla nadó tan rápido como su aleta se lo permitió, rogando no ser alcanzada. Cuando por fin vio las luces de la ciudad, se sintió aliviada, pues al residir en el abismo, los grindylows probablemente no tolerarían la luz. Sin embargo, no fue así.

En su furor, el grindylow no se detuvo hasta que las construcciones que derrumbaba a su paso se convirtieron en su propia prisión. Después se requirió una cantidad impresionante de magia para que los selkies tranquilizaran al grindylow y lo teletransportaran de vuelta a su cueva.

La capital quedó en ruinas, pero no se perdieron vidas. Además, con la escama, Isla preparó el bálsamo que recobró la salud de Azariel.

No se dio realmente cuenta de lo que sucedía hasta que Azariel estuvo lo suficientemente recuperado.

—No me culpes, es lo que hace el amor —dice excusándose, entre arrepentida y reincidente, al evocar la tragedia que causó y que pudo haber sido mucho peor.

La Actriz Protagonista de Tus Malos Sueños

De nuevo está ahí, sola, enterrándose las uñas en las palmas de las manos, preguntándose por qué los demás no pueden verla de la forma en que ella se ve.

En las historias de ficción, los poderes sobrenaturales son causa de asombro, pero en la vida de Elina, la magia no ha sido más que una maldición.

Las personas suelen destruir lo que no entienden porque se sienten amenazados, y se sienten amenazados por ella porque no es como ninguna otra chica. Temen que pierda el control y se convierta en el monstruo que esperan que sea. Pero Elina no lo hará, no les dará ese gusto.

Desde el día en que sus padres la abandonaron en la puerta de este inhóspito orfanato, ha querido una sola cosa: que regresen por ella. Aunque nunca lo expresa, los extraña y, a pesar de lo que le hicieron, los sigue amando.

Nada de lo que pasó fue su culpa. Era solo una niña que no tenía idea del poder que ardía en su interior. Ese trágico día, cuando estaba tan molesta porque una niña se burló de su apariencia, las verdaderas chispas saltaron de sus manos.

Después no supo más. Todo se volvió nebuloso y luego negro. Cuando recuperó la conciencia, ellos estaban tras el sofá, temblando, con marcas dolorosas recién hechas en la piel, mirándola con temor, como si en lugar de ser su hija fuera un tipo de depredador.

Elina no necesitaba que se deshicieran de ella, necesitaba que cuidaran de ella. Lo sigue necesitando.

¿Cómo iba a poder controlar su magia si desconocía su existencia? Desconocía absolutamente todo de ella. Su vida era una mentira. No sabía que su verdadero padre, un demonio mayor, decidió divertirse con su madre, haciéndose pasar por su esposo, dejarla embarazada y luego simplemente regresar a su reino infernal.

—Lo sigo necesitando —repite, dispersa en sus recuerdos.

—¿Qué? —pregunta la chica pelirroja, cuyo nombre aún Elina no conoce, pero que en el comedor la mira mal.

—Lo sigo necesitando —dice aún en trance.

—¿Necesitando qué?

Elina no responde, así que la chica se planta frente a ella y chasquea los dedos.

—Ahora veo que los rumores de tu estado mental son ciertos.

—No estoy loca —replica, al recordar los susurros que fluyen por los pasillos al verla pasar.

—¿Entonces por qué hablabas sola y de cosas sin sentido?

—No es asunto tuyo.

—Yo decidiré qué es asunto mío.

Exasperada, Elina se levanta de las escaleras y comienza a caminar.

—¿Adónde vas? No terminé de hablar contigo.

—Yo sí —sigue adelante, controlando su respiración.

Unos dedos fríos se ciñen a su muñeca y la tiran bruscamente para que se dé la vuelta.

—¿Qué es lo que quieres?

—Solo comprobar lo que leí en tu expediente.

El rostro de Elina se vuelve tan blanco que resulta casi transparente. De pronto, no hay suficiente aire para llenar sus pulmones.

—¿De qué hablas? —pregunta con voz temblorosa.

—Tus padres te abandonaron aquí por el monstruo que eres. Sé lo que escondes.

—En ese caso, sabrás que no es recomendable hacerme enojar.

La chica pelirroja suelta una risita cargada de maldad.

—Entonces es cierto, lastimaste a tus padres por lo loca que estás y el fenómeno que eres.

—Que no estoy loca —grita, cerrando los puños.

—Sí, ya me he dado cuenta de que no —responde sarcástica.

Elina dedica una mirada furiosa a la aún desconocida, da la vuelta y sigue su camino, pero ella vuelve a tomarla por la muñeca y la hace girar con violencia.

—Ya fue suficiente, déjame en paz. No te he hecho nada para que me trates así. Entiendo que acabas de llegar porque seguramente la vida no fue justa para ti y que debes estar molesta con todo el mundo, pero no tienes que desquitarme conmigo.

En los ojos de la chica pelirroja hay un destello de temor y tristeza, pero en seguida lo elimina y la mira furiosa.

—No sabes nada de mi vida.

—Ni tú de la mía, así que es mejor que no te metas conmigo.

—Sé que somos muy diferentes. Yo no estoy aquí por ser un monstruo.

Elina le dio una oportunidad, pero no quiso tomarla. Prometió que no dejaría que volvieran a hacerla sentir mal. Tal vez sea el momento de complacerla y mostrarle lo que quiere ver.

—Bien, quieres ver lo que oculto, entonces observa.

Las luces de la escalera se apagan, la estancia se sume en una profunda oscuridad.

—¿Qué...?

Chispas rojizas se liberan de las manos de Elina, iluminando un pequeño sector. Un grito de dolor complace sus oídos y una sonrisa llena de orgullo le adorna el rostro.

Las luces vuelven a encenderse y Elina observa, triunfante, su obra. El control sobre su magia ha mejorado exponencialmente. La palabra MONSTRUO está perfectamente grabada en la frente de la chica, cuyo cabello hace juego con las heridas.

—Vas a tener que acostumbrarte a usar fleco —recomienda despreocupada antes de dirigirse a su habitación.

Tres pasos más adelante, el remordimiento comienza a entrar en su corazón. Da la vuelta y mira a la chica, que llora desconsolada, tocándose la que pronto será una cicatriz. Se vuelve nuevamente, eliminando el sentimentalismo. No hizo nada malo. Solo se defendió e incluso satisfizo los deseos de esa chica.

De ahora en adelante, así será con aquel que lo merezca. Habrá un solo pensamiento en su mente cuando tenga que mostrarle al ignorante lo que quiere ver: mira lo que me hiciste hacer. A veces, quien intenta destruir a alguien, termina haciéndolo más fuerte.

Esta Noche Es Brillante

Como una rutina adquirida, Misty se obliga a comportarse cordial y simpática con la multitud de aristócratas que se agrupan por todo el salón. Está harta de esas personas que fingen reunirse con el fin de resolver los problemas del reino, pero en realidad solo es una excusa para organizar frívolas y suntuosas fiestas para su entretenimiento.

Accidentalmente, su mirada se cruza con la de un chico al otro lado de la pista de baile. Ambos se observan por un momento, intentando recordar si ya se habían visto antes, y sonrieron. Ella está segura de que no, no podría olvidar esa cautivadora sonrisa. Él está seguro de que no, no podría olvidar esos ojos que brillan como estrellas.

Es solo un instante, pero basta para que las mejillas de ambos se enciendan. Al darse cuenta, apartan la mirada y retoman lo que estaban haciendo.

Después de un rato, Misty decide que su límite de tolerancia ha llegado a su fin. Aburrida y deseosa de un poco de quietud, deja atrás las luces brillantes y se adentra en el espesor del bosque, hasta llegar a su lugar favorito: un arroyo de agua cristalina que siempre la salva de su complicada vida. Una suave y dulce melodía acaricia sus oídos.

Fascinada, se acerca con cautela y descubre al chico con quien cruzó la mirada en la fiesta, sentado en la ribera del arroyo, tocando delicadamente el violín. Él se vuelve un poco para mirarla, y le dedica una deslumbrante sonrisa, pero no deja de tocar.

Con cierto recato, Misty se sienta al otro lado de la ribera y lo observa disimuladamente hasta que la melodía termina.

—Creí que era el único que no se sentía cómodo en la fiesta.

—Lo mismo pensé yo. No te había visto antes.

—Usualmente me niego a venir, pero esta vez mi madre me obligó a hacerlo. Dice que debo interesarme en los asuntos del reino, y lo hago, pero sé bien que estas reuniones no se tratan de eso, sino del divertimiento de nuestra jerarquía.

Misty lo mira, pestañeando para espabilarse de la impresión. A él le sube el color a las mejillas.

—Es justo eso lo que me hace venir aquí —ríe por lo bajo.

Él la mira maravillado, sintiendo un remolino en el estómago.

—¿Tú acostumbras a venir? —pregunta el chico.

—Estoy obligada a hacerlo —sonríe resignada.

El fauno le devuelve la sonrisa.

Misty centra su atención en el violín que él aún sostiene.

—Es muy bonito. También la forma en que lo tocas.

—Gracias —susurra, con las mejillas aún más encendidas, y baja la mirada al agua.

Suspira antes de volver a acomodarse el violín en el hombro y generar el primer acorde con el arco. Su mirada se centra nuevamente en ella mientras hace un esfuerzo por no errar las notas debido a su nerviosismo. Misty le sostiene la mirada, mordiéndose el interior de las mejillas para evitar una sonrisa tonta.

Es una pieza absolutamente dedicada a ella, y lo sabe. Sus ojos atrapan las palabras no dichas en los de él. El corazón de ambos late con tanta fuerza que creen que se les saldrá del pecho. Agradecen a las estrellas brillando en el cielo por haberles dado la oportunidad de coincidir esa noche.

Cuando la melodía termina, el chico se muerde el labio inferior, dudoso pero aliviado.

—Fue hermoso —dice ella, sonriendo con dulzura.

Él cruza el arroyo, ligero como un nenúfar flotando en las aguas, y se sienta al lado de ella. Pasan horas que para ellos se sienten como minutos, inmersos en una amena conversación. Se coquetean, lo saben, y eso los llena de emoción.

Un kelpie asoma la cabeza del agua y pasta las lavandas que crecen entre las piedras del arroyo.

—Soy Misty, por cierto.

—Etienne.

—Encantada de conocerte.

—Igualmente.

Dedican un momento a contemplar al kelpie, que ocasionalmente relincha satisfecho y salpica con su aleta.

De pronto, Misty recuerda que su padre le dijo que no se quedarían mucho en la reunión, pues deben atender otros asuntos por la mañana. Alarmada, mira la hora en su celular.

—Ya debo irme —dice, resignada.

Etienne asiente, algo decepcionado.

—Volveré a verte.

—Solo si sigues aburriéndote en las fiestas —sonríe juguetona.

Él le devuelve la sonrisa y la observa perderse entre los árboles.

Los dos suspiran embelesados, sintiendo que algo diferente late en sus corazones. La persona más esperada se encuentra en el momento más inesperado.

Las Luces del Reino

Hace días que Katniss espera impaciente la respuesta de Daria, un mensaje, una llamada, algo que calme el torbellino de emociones que le arde en el pecho. Los rumores sobre la muerte de su amiga no la dejan dormir. Se aferra a la idea de que no es cierto, que, si Daria hubiera muerto, ya lo sabría. No tiene manera de comprobarlo, pero aún siente con fuerza el vínculo especial que solo puede existir entre las mejores amigas.

Enfrentar riesgos es algo habitual en la vida de las dos peris guerreras que defienden al reino de la amenaza de dragones, así que cuando Katniss y Daria no coinciden en una misión, no se preocupan demasiado la una por la otra. Son demasiado diestras en lo que hacen; han entrenado juntas desde niñas para combatir. Pero de la última misión en la que Daria fue enviada en solitario, no regresó. No hay ningún rastro de ella, ni viva ni muerta; simplemente desapareció, como si se la hubiera tragado la tierra.

Katniss ha buscado al dragón con el que su amiga combatió, rogando no encontrarlo, para descartar los rumores que tanto la torturan. Pero tampoco hay señales del dragón. Los dos se han esfumado, victoriosos o derrotados, y eso es lo peor de todo: no saber.

Los rumores ya deben haber llegado a los padres de Daria, pues han llamado innumerables veces, pero Katniss no ha tenido el valor de responderles. Si ellos caen en la desesperación, ella también lo hará, y eso no lo puede permitir. Debe enfocarse, mover cielo, mar y tierra hasta encontrar a su amiga. A veces piensa que las condiciones en las que pueda encontrarla podrían ser incluso peores que saber que está muerta.

En su búsqueda, es enviada a ver al Gran Mago en los confines del reino, un erudito con grandes poderes mágicos. Tiene la esperanza de que él le dé una solución, alguna pista.

Al entrar a la cueva que es su fortaleza, su frente se perla de sudor, y sus fosas nasales se impregnan de un intenso olor a azufre. Un gruñido la hace saltar, poniéndola alerta. Lleva las alas emplumadas alrededor del cuerpo, como si con ellas pudiera protegerse de cualquier impacto físico o emocional.

—Tu amiga debe ser muy importante para ti, como para haber viajado hasta aquí —la voz del mago resuena en la penumbra.

Katniss se sobresalta por la sorpresa, pero enseguida recupera la compostura. Sus ojos buscan entre la oscuridad al dueño de la voz, pero solo ve sombras y formas indistintas.

Un chasquido, y las antorchas que adornan las paredes se encienden, revelando la figura de un hombre de edad avanzada, sentado en una roca saliente.

Katniss extiende las alas y avanza con cautela, sin bajar la guardia.

—¿Usted...?

—Sí, lo sé. No hay nada que yo no sepa —responde el mago, su tono sereno.

—Entonces sabrá que estoy aquí porque necesito saber el paradero de Daria.

—Así es. Ven, acércate, y lo verás —dice, extendiendo una mano hacia ella.

Katniss se acerca a un espejo con un marco dorado y lo mira casi hipnotizada.

—El espejo te mostrará lo que tu corazón más anhele ver.

Convencida de que verá a su amiga, Katniss se asoma al reflejo. En su mente comienza a formarse la imagen del cabello rizado de Daria.

De repente, el paisaje cambia: ve el mismo bosque donde la vio por última vez, pero no a Daria. Solo hay una abronia roja posada en el suelo, reptando lentamente. La abronia tiene en su pata la pulsera que Katniss comparte con Daria.

Katniss parpadea rápidamente, tratando de despejar la imagen de su mente, y se vuelve hacia el mago, horrorizada.

—¿Qué le pasó a Daria? —pregunta, su voz mezcla de alivio

y temor.

—Tuvo la mala fortuna de enfrentarse a un dragón protegido por el hechizo de un mago renegado. Se transformó en lo último que querría ser.

—¿Puedo salvarla? —pregunta Katniss, desesperada. —¿Usted puede salvarla?

—Puedo, sí.

El mago se pone de pie y se dirige a la pared de la derecha. Sin tocarla, pasa la mano por ella, y al instante, una estantería oculta se revela. Hay frascos de vidrio de todos tamaños, con sustancias de colores brillantes y opacos, polvos de distintas texturas, limaduras metálicas, hojas secas, y muchas más cosas que Katniss no podría identificar.

El hombre pasa el índice por una sección llena de tubos de ensayo etiquetados con un idioma antiguo, toma uno que contiene limadura de lo que parecen ser diamantes y regresa hacia ella.

—Espolvorea esto sobre tu amiga. La hará volver a la normalidad.

—Gracias —dice Katniss, con los ojos llenos de lágrimas. —Yo... no sé cómo pagarle esto.

—Ya lo haces, guerrera.

Katniss le dedica una sonrisa agradecida al mago, sale de la cueva, con el corazón más tranquilo y la fe renovada. Está dispuesta a recuperar a su familia por elección. Daria es uno de los tesoros más grandes que tiene en la vida. Ambas son afortunadas de haberse encontrado cuando no se buscaban, de haber encontrado seguridad, consejo, confianza, soporte, alegría y amor. Son un complemento sincronizado perfectamente imperfecto. No hay nada que no harían la una por la otra. Sus diferencias y similitudes las mantienen en equilibrio. Han compartido miles de aventuras, combates, risas, llantos, secretos, consejos y batallas, y esos recuerdos serán su mayor tesoro. Larga vida a esos momentos.

Los recuerdos virtuosos son el tesoro que sale a la luz en momentos difíciles.

Miserable y Mágico

Los brujos están cansados de vivir sus historias detrás de las páginas de un libro. A pesar de ser personajes principales, con vidas aparentemente perfectas, si sus rostros pudieran reflejar el color de sus emociones, serían azules. Repetir sin cesar los mismos eventos una y otra vez les ha robado el brillo de la vida y, al mismo tiempo, les ha dado la falsa ilusión de que aún viven.

Ya no desean aparentar. Ya no quieren seguir siendo marionetas de una trama que nunca cambia. Quieren la capacidad de tomar sus propias decisiones, la libertad de sentir lo que deseen, el asombro de lo inesperado, la emoción de las nuevas experiencias. Quieren lo real, lo auténtico.

Después de mil repeticiones, al fin lo deciden. Atravesarán el mundo artificial del libro. Dejan atrás las páginas, la tinta, el papel, y se convierten en seres de carne y hueso. Ya no más historias predeterminadas, ya no más cadenas de monotonía. Están dispuestos a enfrentar las dificultades que el destino les tenga preparadas. Porque eso es la vida, se dan cuenta: no se trata solo de los momentos grandiosos, sino de aprender a navegar también por los bajos. Solo superando lo malo, se descubre el verdadero placer de estar vivo.

Y 22 años son suficientes para empezar a descubrir el mundo. La juventud no se mide en el tiempo cronológico, sino en el estado del alma. El verdadero despertar llega cuando, por fin, el corazón comienza a latir con libertad.

Nunca Decir Nunca

Cuando Jamila termina con su novio por vigésima vez, está determinada a que sea la última.

—Nosotros nunca volveremos a estar juntos. —dice, mirando fijamente al frente, sin dudar ni por un segundo, antes de dar la vuelta y no mirar atrás.

Ya no puede seguir cayendo en lo mismo una y otra vez. No entiende cómo pudo hacerlo antes. Ni siquiera era amor lo que creía sentir por él; alguna vez lo fue, pero eso fue hace tanto tiempo que ahora, tras tantas desilusiones, solo queda un eco distante de lo que pudo haber sido. Cuando finalmente se desapegó emocionalmente, se dio cuenta de que la relación nunca fue realmente especial. Era ella, con su energía y sus sentimientos, los que la hacían sentir como tal.

Cada vez que regresaba con él, la razón no era el amor, sino el miedo a la soledad. La vida de una pixie, aunque llena de magia y vuelo, es a menudo solitaria. Y en su soledad, había permitido que la relación se mantuviera, como un parche temporal que calmaba sus ansias de compañía, pero a la vez le drenaba su vitalidad.

Una vez que una flor pierde todos sus pétalos, puede ver con claridad que el viento le quitó más de lo que le dio, pero aun así, se inclina hacia él porque le falta aire, porque siente que necesita ese respiro.

Pero ahora ya no. La relación, que antes sentía que la completaba, se ha convertido en una carga. Aunque el amor ya no existía, ella seguía dando el ochenta por ciento para que funcionara, mientras que él solo daba un veinte por ciento, centrado en lo que ella podía ofrecerle.

Este ciclo ya no tiene sentido. Aunque el cambio será un proceso y no dejará de ser doloroso, Jamila comienza a sentirse cómoda con su vida tal como es. Se da cuenta de que, cuando tienes la capacidad de ser suficiente para ti misma, la soledad deja de ser una amenaza. Es algo que olvidó por un momento, engañada por el brillo del romanticismo, pero ahora que lo ha recordado, sabe que jamás volverá a descuidarse.

Ahora entiende que el verdadero amor no viene de un deseo ajeno de cambiarla o completarla. Es algo que brota del interior, de su propia fuerza, y está dispuesta a disfrutar de la paz que solo ella puede ofrecerse.

El Miedo Más Triste Viene Arrastrándose Lentamente

A pesar de las advertencias, Halia se obstinó en abrir las puertas de su vida al minotauro, con precedentes de chico complicado. Se decía a sí misma que alguien que la llenaba de halagos, detalles y galanterías no podía seguir encajando en una descripción tan ruin. Ella misma había sido testigo de muchas atrocidades que él cometió, pero se aferró a la idea de que el pasado no define el presente de nadie.

Además, su orgullo le impidió siquiera sopesar lo que le decían respecto al motivo por el que el minotauro se acercó a ella. ¿Es que acaso la consideraban tan poca cosa como para que alguien se fijara en ella genuinamente?

Fue tanto su empeño en demostrarle a los demás que se equivocaban que se entregó por completo a una relación con quien nunca debió permitírselo. No hizo caso de las banderas rojas hasta que la marea la arrastró a las profundidades. Darse cuenta de que, en realidad, ella era quien estaba equivocada, le costó muy caro.

Cuando el minotauro advirtió que era tanto su ímpetu de concederse valor propio que haría lo que fuera, supo que la tenía en sus manos para hacer con ella lo que quisiera. Entonces, manipulando sus sentimientos por él, le pidió probarle que no se dejaba envolver por nada de lo que le dijeran en su contra. Y ella así lo hizo: cedió a cuanto él le pidió sin siquiera cuestionarlo.

Meses después, cuando la policía se presentó en su casa para aprenderla por delitos que ella ni siquiera comprendía, necesitó que su novio testificara a su favor, pero, muy contrario a lo que ella esperaba, él solo abrió la boca para hundirla por completo.

Cuando se presentaron las pruebas que la inculpaban, Halia se percató con horror de que las cosas que el minotauro le pidió hacer para demostrar su confianza en él fueron tan solo ardides que siempre tuvo planeados para que, en el momento en que se dieran cuenta de sus crímenes, no fuera él quien cargara con la responsabilidad, sino su ingenua y patética novia.

Con dolorosa decepción y culpabilidad, la chica se dio cuenta de que las advertencias de la gente a la que le importa no eran para hacerle daño, sino para evitar que le hicieran daño. Pero fue demasiado soberbia e irracional para aceptar que tenían razón, y ella misma lo sabía.

Ahora, después de una larga condena que tuvo que pagar por sus propios errores, recupera su libertad, más segura de sí misma y, sin duda, más inteligente e intuitiva. No agradece lo que sucedió, pero sí lo toma como algo que necesitaba.

«Yo sabía que eras un problema, así que la culpa es mía. Pero la enfrentaré y aprenderé de ella», fueron las palabras que se repetía mentalmente cada vez que necesitaba recordarse por qué estaba en esa situación y por qué quería salir de ella.

Por alguien que no valía la pena, no escuchó su propia intuición y alejó a personas que se preocupaban sinceramente por ella, las acusó de egoístas y les dijo cosas hirientes que jamás podrá borrar, pero sí intentar remediar, aunque sabe que nada volverá a ser igual.

Una vez el corazón se perdona a sí mismo por errores pasados, el dolor se va, pues ya ha enseñado lo que tenía que aprenderse.

El Primer Otoño de Nieve

Al tomar el libro, una foto cae de entre las páginas y Xena se inclina a recogerla. Al darle la vuelta, su corazón se estremece y una cascada de nostalgia la sumerge en un río de memorias. Parpadea velozmente para contener las lágrimas mientras pasa las yemas de los dedos por el papel fotográfico. No hay día que no piense en lo que fue y añore lo que pudo haber sido.

Para la desgracia de su corazón, recuerda todo muy bien de aquel otoño en que fue más feliz, pero que al mismo tiempo le dejó dolorosas heridas en el alma que ahora son cicatrices.

Xena no había impactado tan fuerte en el amor como cuando conoció a Linden. No hizo falta mucho tiempo para que el genio la hiciera sentir como si hubiera encontrado su hogar en él. A pesar de la diferencia de edad, ella estaba segura de que sus almas estaban conectadas y que sus corazones latían al unísono.

Cuando él la presentó a su familia, la hicieron sentir como un miembro más, y cuando ella lo presentó a la suya, de inmediato estuvieron encantados con él. No había nada que se interpusiera entre ellos, salvo las intenciones de él.

La intensidad del romance era tanta que Xena pasó por alto que Linden nunca le devolviera los «te amo» o que al presentarla no utilizara ningún título.

Ya comenzaba a imaginar un futuro a su lado cuando, accidentalmente, se le escapó una ensoñación en voz alta. El genio la miró perplejo y luego hizo un gesto de alipori.

—Pobre niña ilusa —le acaricia la mejilla.

Xena se congeló por completo, sin entender lo que estaba pasando.

—Creí que serías consciente de que esto era tan solo un devaneo —prosiguió él—. Nunca te hablé de amor —suspiró exasperado—. Desde el principio supe que lo nuestro sería un error. No es moralmente correcto y... Eres muy joven para lo que yo necesito.

Xena lo ve, pero no lo mira, pensando en lo que antes se persuadió para no apartarse del ensueño de relación perfecta.

—Pero... —las palabras quedan reprimidas en su garganta.

—Esto lo hago por ti. Eres solo una niña que aún tiene mucho que aprender de la vida —dijo Linden con indiferencia—. Necesitas vivir más allá de las paredes de tu lámpara.

Aturdida, Xena lo miró una última vez, con los ojos llenos de lágrimas, antes de dar media vuelta y no regresar.

No solo se sintió ingenua y estúpida por no haber notado lo que pasaba, ya que aparentemente todos estaban enterados de las intenciones de Linden, menos ella. Y si lo hizo, quiso insistir tanto en lo contrario, que prefirió mirar hacia otro lado.

Era joven, pero eso no quería decir que fuera inmadura. Si Linden le hubiera explicado desde el principio en qué consistía su relación, hubiera sido lo suficientemente juiciosa para retirarse o para no enamorarse.

Pero eso fue tan solo una excusa para deshacerse de ella una vez se sació de su juventud, pues no habían pasado más de dos semanas cuando la genio lo vio de la mano de su nueva amante, una chica que no aparentaba ser mayor que ella.

Eso fue lo que verdaderamente rompió el corazón de Xena: darse cuenta de que Linden jamás dudó en involucrarse con ella por la diferencia de edad. Lo tenía todo planeado desde el principio: tomar la pureza de su juventud y luego desecharla sin más. No pensó en que ella estaba abriendo su corazón por primera vez, en que se estaba entregando a lo desconocido.

Un corazón no debería abrirse cuando no se tienen intenciones de cuidarlo y amarlo.

Para el infortunio de Xena, aunque no haya sido correspondido, el primer amor deja huellas que no se pueden borrar

Persistir y Resistir la Tentación

La elemental del agua y el elemental del fuego se dedican miradas fugaces y furtivas. Sus razones les dicen que controlen cualquier manifestación que pueda delatar sus verdaderos sentimientos, pero sus corazones les gritan que los demuestren.

Desde que Balia y Aiden fueron creados para ser guardianes y personificar dos de los elementos naturales, nunca se pensaron congeniando más allá del deber, hasta que unos meses atrás, un extraño sentimiento comenzó a florecer entre ellos, uno que les hace latir los corazones con fuerza, sentir remolinos en el estómago y electrizar la piel al estar cerca el uno del otro.

Sin previo aviso, todo cambió entre ellos y cuando se dieron cuenta, no pudieron retroceder. No creyeron que seres tan supremos y sublimes como su naturaleza lo manifiesta, fueran capaces de sentir tanto, de desarrollar una emoción tan terrenal como el amor.

No entienden por qué ahora, pero el sentimiento que han comenzado a sentir es tan envolvente, tan abrasador, tan intenso que los hace sentirse en un plano ajeno a la realidad, en donde solo existen los dos. Aunque es algo a lo que no se permiten abandonarse, pues la inseguridad es demasiado grande.

Les aterra estar confundiendo las cosas, les aterra no ser correspondidos y les aterra que el caos en sus sentimientos quebrante su relación como la conocen y nada pueda volver a ser igual. No quieren vivir la eternidad con el corazón roto, obligados a relacionarse día tras día por una responsabilidad enorme y un compromiso inquebrantable.

¿Qué podría resultar mal del amor entre dos seres que lo tienen todo para ser prometedor? Pero ¿qué podría resultar bien? Como fuerzas de la naturaleza, no pueden dejar que fantasías de adolescentes afecten el equilibrio en el que siempre deben estar si algo no sale como lo esperan. Es un riesgo demasiado grande que no están dispuestos a correr.

A veces Balia está segura de percibir el mismo tipo de amor que ella siente por Aiden emanando de él al estar juntos y se siente con la confianza suficiente para confesarse con él, pero de un momento a otro, él se aleja como si estar con ella apagara su fuego.

A veces Aiden está seguro de percibir el mismo tipo de amor que él siente por Balia emanando de ella al estar juntos y se siente con la valentía suficiente para confesarse con ella, pero de un momento a otro, ella se aleja como si estar con él le quemara.

¿Arriesgarse o asegurarse? La pregunta ronda como centinela en sus mentes. No soportan reprimir sus deseos y el no poder descifrar lo que les pasa. Aunque la realidad es que desde hace mucho tiempo han cambiado sus tratos y sus demostraciones de afecto, volviéndolas cada vez más íntimas. Sus mentes no lo sabían, pero sus corazones sí.

Aiden se dirige a Balia, sonriente, con una flor de fuego en la mano.

—No te ves nada mal —le tiende la flor y le guiña el ojo.

Balia toma la flor con manos temblorosas.

—Gracias —ríe—. Tú tampoco te ves nada mal —le devuelve el guiño.

Los elementales se miran embelesados por unos segundos, perdiéndose en el vaivén del amor que los mece con suavidad. Ella lo recorre con la mirada y las piernas amenazan con dejarla caer al deleitarse con lo atractivo que se ve con el cabello ardiendo resaltando en la penumbra de la noche. Él la recorre con la mirada y el corazón amenaza con salírsele del pecho al deleitarse con lo atractiva que se ve en el vestido azul que se incorpora a la perfección con el agua que forma su cuerpo.

La música se vuelve lenta y suave y, como atraídas por imanes, las parejas eliminan la distancia entre ellos y se sostienen con ternura, guiando sus movimientos con el ritmo de la melodía. Las miradas serenas de Balia y Aiden se llenan de pánico, sus cuerpos se tensan y sus facciones se crispan.

—¿Quieres bailar? —pregunta Aiden, nervioso.

Incapaz de hacer que las palabras salgan de sus labios, la elemental asiente con las mejillas arreboladas, disimuladas por su piel azul iridiscente.

Aiden toma a Balia de la mano, originando el sonido del agua al apagar el fuego, y la guía al centro de la pista. Ninguno mencionó nada de ser pareja para la velada entre divinidades, pero en secreto anhelaban bailar a la luz de la luna.

Balia sube la mano con la que sostiene la flor al hombro de Aiden y él baja la suya a la cintura de ella. Al principio, sus movimientos son estropeados y sus ojos evitan encontrarse, pero conforme los dulces acordes de la guitarra avanzan, los elementales se relajan, permitiéndose disfrutar del idílico momento que están viviendo.

Ella entrelaza las manos tras el cuello de él y recarga la cabeza en el hueco de su clavícula. Él le rodea la cintura con las manos e inclina hacia abajo la cabeza para apoyar la mejilla en la de ella.

Estando tan cerca, pueden percibir el latido acelerado de sus corazones y el calor irradiando de sus cuerpos. Todo es tan perfecto, tan mágico y romántico que los hace pensar que nada podría salir mal, que no pueden equivocarse en algo que, aunque invisible, pueden palpar si se lo proponen. Pero luego, la duda los golpea tan fuerte, que se separan apresurados.

Se miran profundamente, teniendo una conversación mental en la que concuerdan que ese fue el primer y el último momento sentimental que se permitieron compartir.

Siglos después, Aiden y Balia aún sienten un pequeño resplandor oculto en sus corazones brillando por el otro. Un resplandor que, después de tanto tiempo, perdió la efervescencia y se transformó en nostalgia. Podrán enamorarse miles de veces en millones de años, pero jamás amarán como se aman. Tal vez las cosas hubieran funcionado, tal vez no, pero no lo sabrán, pues prefirieron quedarse al borde a dar un salto de fe al acantilado.

Ya lo han superado, pero no dejan de preguntarse si, de haberlo intentado, hubieran sido el indicado el uno para el otro. Las oportunidades no tomadas a tiempo se convierten en arrepentimientos futuros.

Solo Una Cosa de Verano

—¿Qué fue lo que dijiste?

El grupo de seis chicas se queda callado, mirando recriminante a Inez e incómodo a Betty, quien tiene la expresión de haber visto un espectro.

—Inez, ¿qué fue lo que dijiste? —insiste Betty.

—Yo solo...

—Dime la verdad —exige.

—Hace unas semanas vi a James con Augustine en la playa —dice en voz baja.

—¿Y? —pregunta Betty, expectante.

—Iban de la mano y luego se besaron.

Sin decir más, Betty pasa al lado de las chicas, sintiéndose mareada por el latir tan acelerado de su corazón. En su cabeza se repiten las palabras de Inez, acompañadas de todas las veces durante el verano en las que James se comporta extraño, desapareciendo constantemente, poniendo pretextos para no verse y estando distraído.

Se dice a sí misma que está siendo paranoica, que James jamás le haría algo así, jamás. Está segura de que la ama y de que no se traiciona a quien se ama. Confía en él porque conoce la clase de chico que es, uno que cada día hace que se enamore más de él, llenándola de detalles, halagos y atenciones a las que ella aspira corresponder. De cualquier forma, oír de los labios de su novio que todo es un malentendido le servirá para que, en una próxima ocasión, ni siquiera se le pase por la cabeza una estupidez como dudar de él.

Encuentra a James al pie de la escalera con dos de sus amigos.

—¿Podemos hablar?

El chico la mira extrañado y luego a sus amigos, que, tras ver la tensión en el rostro de Betty, se alejan con cautela.

—¿Qué pasa?

—Necesito que seas honesto conmigo.

—¿Sobre qué? —pregunta James, tragando saliva con dificultad.

—No es que no confíe en ti, pero oí un rumor, y la verdad me sentiría mejor si escucho de ti mismo que no es verdad.

—¿Un rumor?

Betty asiente.

—Es sobre Augustine.

El rostro del chico pierde todo el color, y sus facciones se crispan. Parece a punto de desmayarse.

—Sobre que tú y Augustine se besaron en la playa.

La mente de James viaja a esos días y noches fugaces del verano en los que los malos pensamientos lo embistieron en la falta de interés. Recuerda haberse sentido impuro, pensar en Betty todo el tiempo, pero, aun así, no se detuvo.

—James.

El chico vuelve a la realidad. Ve el rostro asustado y esperanzado de Betty y sabe que no puede seguir guardando más su falta.

—James, dime que es un simple rumor, que tú nunca...

—Betty... —baja las alas.

—No. —Da un paso hacia atrás—. Por favor, dime que no es verdad. —Sus ojos comienzan a cristalizarse—. James. —Eleva la voz, suplicando desesperada.

—Lo siento. Yo...

Betty lo mira horrorizada y, antes de que pueda decir algo más, se aleja apresurada, mordiéndose con fuerza el interior de las mejillas para contener el llanto.

James no está seguro de qué está haciendo o de si servirá de algo. ¿Qué va a decirle a Betty? ¿Cómo va a justificar su infidelidad? ¿Cómo le hará entender que, a pesar de lo que pasó, la ama con toda el alma? ¿Cómo explicarle que quizá es demasiado joven para no cometer errores?

Tragándose los miedos, llama a la puerta, esperando que Betty al menos le dé la oportunidad de intentar expresarse antes de cerrarle la puerta en la cara.

La chica abre la puerta y, al verlo, más que molesta, parece profundamente triste y decepcionada.

—¿Qué haces aquí?

—Necesito que lo resolvamos. Por favor.

El tono desesperado de su voz y sus ojos apagados y lacrimosos hacen que Betty asienta con debilidad. Cierra la puerta tras ella y se dirige con James al jardín trasero, donde se sientan en los columpios de su infancia.

—¿Por qué lo hiciste?

La pregunta toma por sorpresa a James, haciendo que un intenso fuego queme su interior.

—No lo sé. Bueno, tal vez sí lo sé, pero no es una excusa.

—Dime. —Mira el pasto debajo de sus tenis.

—¿Recuerdas que dije que quería hablarte de algo importante?

Betty asiente.

—Nunca lo hiciste.

James niega con la cabeza.

—Lo intenté, lo intenté muchas veces, pero tú siempre estabas demasiado ocupada con las prácticas y luego estabas demasiado cansada.

—Sabes que soy capitana y la temporada está a punto de comenzar, tenía mucho que hacer.

—Sí, lo sé y lo entiendo. Pero solo quería que me escucharas por un momento. Entonces te vi con Derek. Tenías tiempo para él y no para mí.

—Estaba enseñándole la rutina.

—Y riendo también.

Betty lo mira indignada.

—No estoy diciendo que estuvieran haciendo algo, es solo que... quería que te tomaras ese minuto que reíste con él para escucharme.

—Demasiado dramático, ¿no crees? —sus palabras son ásperas.

—Puede ser —admite.

—Cuando tuve tiempo fuiste tú el que no quería verme. Me evitaste y cuando estábamos juntos, en realidad no estabas. —Su voz apenas suena a reclamo—. ¿Fue por ella?

—Sí —responde James en un susurro.

Después de lo que parecen segundos eternos de silencio, Betty vuelve la mirada a James, quien ya la está observando.

—¿Qué querías decirme?

James se muerde el labio y se toma un tiempo antes de responder.

—Mis padres van a divorciarse. Papá se fue de la casa hace unas semanas. —Su mirada refleja aún más tristeza, velada por una sombra.

Una oleada de culpa golpea a Betty, haciéndola sentir miserable. Se debate entre dejar que ese sentimiento domine su despecho.

—Lo siento.

James parece sorprendido.

—Siento mucho lo que estás pasando. Sé que no debe ser

fácil el proceso y las consecuencias que vendrán después. Pero también creo que es lo mejor. Ellos ya no se llevaban bien. Solo te estaban haciendo daño y se estaban haciendo daño a ellos mismos por forzarse a estar juntos cuando, en realidad, ya todo había terminado. Mejor hacerlo antes de que terminaran odiándose.

—Sí —suspira—. Supongo que tienes razón. Aunque en su momento no lo vi así.

—Lo sé. ¿Cómo podrías? Lo que todo hijo quiere es que sus padres estén juntos, tener una familia como debería ser.

—Sí...

—También siento no haberme dado el tiempo para escucharte. Querías decirme algo importante y yo puse otras prioridades antes que a ti.

—No quería verte porque me sentía culpable por lo que estaba haciendo.

—¿Quieres decir que fue más de una vez?

James asiente, abatido.

—¿Sigues con ella?

—No. Todo terminó cuando las vacaciones lo hicieron.

—¿Qué tan lejos llegaron?

Betty no está segura de si realmente quiere oír la respuesta, pero es algo que tiene que preguntar para no explotar.

James no responde; se limita a mirarla como si contemplara una obra de arte que necesita ser reparada. Betty interpreta el silencio como respuesta. Asiente mientras un cuchillo se le clava en el corazón y su alma plañe de dolor. Si no se le hubieran secado los ojos, estaría hecha un mar de lágrimas.

—Ella estaba ahí en el momento preciso, cuando yo no estaba bien. Me escuchó y luego... fue una estupidez, lo sé. No sé por qué lo hice, pero cuando fui consciente, ya era muy tarde. Ni siquiera siento algo por ella. Si pudiera regresar el tiempo, créeme que lo haría. Lo siento. Lo siento mucho. Nunca he querido lastimarte ni faltarte al respeto, es solo que... no sé. De lo que estoy completamente seguro es de que te amo, Beatriz. Te amo. No quiero perderte.

—Lo sé —dice sin muchas ganas—. También te amo. Pero no sé si pueda perdonarte.

James siente el aire que vitaliza su magia volver a llenarle el pecho. Si tiene una oportunidad, por más mínima que sea, para recuperar a Betty, se esforzará por conseguirla.

—Lo entiendo y lo respeto. Pero no voy a dejar de intentar. —Las lágrimas brotan fluidas de sus ojos—. Te prometo que voy a dedicar cada día a reconquistarte, a ganarme tu confianza de nuevo, Betty.

Lo dice con toda seguridad, agradeciendo inconscientemente que su desliz lo esté haciendo madurar. La primera vez que se comete una falta es un error, pero la segunda es una necedad. Ante la oportunidad de aprender la lección, hará lo necesario para evitar cometerla otra vez.

Un Tiempo Maravilloso

—Solo necesitamos una firma más y la deuda de su esposo quedará condonada.

Rebekah firma la hoja que el gerente de contabilidad del banco le extiende, al tiempo que una lánguida sonrisa se dibuja en su rostro.

Nunca se ha visto tan vulnerable y perdida. A pesar de que desde el funeral de su esposo no ha derramado una sola lágrima, tiene el rostro acartonado, la mirada inyectada en sangre y semicírculos oscuros debajo de los ojos; parece que ha envejecido diez años.

Aunque no lo exprese abiertamente, las personas a su

alrededor saben que está destrozada. Amó y siempre apoyó a Bill, incluso cuando la empresa de su familia colapsó y él dejó de darle los lujos a los que estaba acostumbrada. Jamás le reprochó que, por sus malos manejos y exageraciones, perdieran todo su patrimonio. Seguramente sabía que él debía estar pasándola tan mal o incluso peor que ella. Ni siquiera se molestó cuando él eligió el suicidio como vía para salir de sus problemas.

Se fue de este mundo dejándola sola, y ni siquiera eso le bastó para dejar de ser comprensiva con él.

Hanna pone la mano sobre su amiga para intentar reconfortarla un poco. Tirita.

—Muchas gracias —dice la viuda con voz débil.

—Gracias a usted. Eso ha sido todo, la deuda está saldada con el banco. Y, una vez más, lamento mucho su pérdida.

—Le agradecemos —responde Hanna al ver que los labios de su amiga tiemblan y sus ojos se cristalizan.

Al llegar a casa, las dos luminas se dejan caer en el sofá. Rebekah hace amago de querer llorar.

—¿Estás segura de que vas a estar bien? Puedo quedarme contigo, no tengo...

—Estaré bien —interrumpe Rebekah, haciéndose la fuerte.

—Muy bien, entonces —suspira Hanna—. Si necesitas algo, a la hora que sea, vas a llamarme.

Rebekah la mira, pero no responde.

—Prométemelo.

—Sí, lo haré —murmura.

Poco convencida, Hanna sale de la casa, dejando a Rebekah y a su dolor solos.

Hanna intenta no pensar mucho en cómo estará su amiga; si lo hiciera, saldría corriendo a su casa cada cinco minutos para envolverla entre sus brazos y asegurarle que todo estará bien.

Rebekah y Bill se casaron apenas cumplieron la mayoría de edad, demasiado jóvenes para algunos, pero lo suficientemente mayores para ellos. No había razón para no unir sus vidas para la eternidad, pues en cuestión económica, Bill tenía todo para ofrecerle a ella y, en cuestión sentimental, los dos daban tanto como recibían.

Hanna se va a dormir con un extraño presentimiento martilleándole el corazón. Se repite a sí misma que está siendo paranoica.

Horas más tarde, ese presentimiento cobra sentido cuando recibe una llamada de Rebekah. No puede entenderla; le habla entre sollozos y jadeos, pero sabe que tiene que ir.

Al llegar a su casa, entra con la llave que le dio y comienza a llamarla a gritos. No responde. Hanna busca en todas las habitaciones, pero todas están vacías. El miedo le llena las venas.

Se toma un momento para pensar y entonces recuerda la única habitación que no ha revisado.

Se dirige a la cocina y abre la pequeña puerta al sótano. Baja volando a toda prisa las escaleras y entonces la ve.

Rebekah está de rodillas, con expresión derrotada, en medio del sótano. Lleva pijama, el cabello revuelto, las alas bajas y, a pesar de estar empapada de sudor, todo su cuerpo tiembla de una manera poco natural.

Con el corazón en la garganta, corre hasta ella y se arrodilla a su lado, llenándola de preguntas a las que Rebekah solo responde con llanto.

—Rebekah, tienes que decirme qué pasa.

—Yo lo amaba —solloza.

—Lo sé, lo sé. Es difícil, pero...

—No, no lo entiendes. Yo lo amaba, pero no me dejó opción.

—¿Opción para qué?

Rebekah la mira con los ojos llenos de delirio.

—Yo lo hice. Pero no quería. —La toma de la blusa con ambas manos y la atrae hacia sí—. Es que ya no lo soportaba, era demasiado para mí. Tenía que hacer algo. Pero ahora la culpa me está matando.

—Rebekah...

—Bill no se suicidó.

—Sé que ahora todo es muy complicado de asimilar, pero con el tiempo...

—No —grita—. Te lo estoy tratando de explicar. —Toma una bocanada grande de aire—. Yo lo maté. Yo lo maté.

—¿Qué?

—Todo fue culpa mía. Él no era el de los lujos desmedidos, era yo. Él solo cumplía mis demandas y caprichos. Yo fui quien derrochó el dinero de su familia y llevó la empresa a la quiebra con apuestas, frivolidades y excentricidades. La única culpa de

Bill fue ponerme un alto demasiado tarde. Íbamos a quedarnos en la calle si no conseguía la manera de saldar la deuda con el banco. Intenté apoyarlo, intenté que saliéramos adelante juntos, pero la situación me sobrepasó. Entonces leí el contrato y allí estaba la cláusula. Era como si me llamara a cumplirla.

Hanna la mira horrorizada.

—Bill tenía una afección en el corazón, así que el doctor dijo que debía bajar su ritmo de vida, pero yo seguí llevándolo al límite. Sabía lo que hacía, pero no me detuve, hasta que él... —se cubre el rostro con las manos.

Una parte de ella, que le atemoriza, no lamenta lo que pasó, pues por un tiempo vivió la vida como quiso. La locura es el resultado de vivir desenfrenadamente bajo la propia regencia.

Hanna no consigue que las palabras le salgan. No sabe que llora hasta que siente un sabor salado en los labios.

—Perdóname. Por favor, perdóname —ruega Rebekah.

—No... yo no... no te conozco.

Rebekah llora con sonoridad y aferra las manos alrededor de su amiga, pero Hanna se libera, se levanta de golpe y retrocede a trompicones. Mira por última vez a la lumina que se convirtió en una desconocida en cuestión de segundos y sale de la casa para no volver jamás.

Desde entonces, con la muerte del heredero y la insania de Rebekah, la última gran dinastía americana llega a su fin.

Un Momento en el Tiempo

Augustine aún suspira por los recuerdos perdidos en el viento, ese idilio fugaz que llevará tatuado en la piel por el resto de su vida. Se enamoró de James intensa e imprudentemente, ignorando las advertencias de su razón, que le gritaba que él solo le ofrecía los cristales del diamante de alguien más.

Pero no puede culparlo, pues sabía bien que su corazón ya le pertenecía a otra persona. Él se lo dejó claro desde el principio, antes de que se involucraran. Tampoco puede culpar a Betty por amar y ser amada. Solo puede culparse a sí misma por haberse lanzado conscientemente a un precipicio del que le sería muy difícil salir.

Cuando vio a James solo, alicaído y deseoso de atención, se le hizo fácil convertirse en su pañuelo de lágrimas, consolarlo y entregarse a él en cuerpo y alma. Ahora se avergüenza de ello, pero en aquel momento lo único que quería, lo único que le importó, fue que él disolviera su pesar en ella. Y así fue: el desorden que reinaba en su cabeza y el dolor en su corazón lo llevaron a abandonarse a un romance de verano con la nixie que llevaba años enamorada de él.

Augustine no se enamoró de James porque él le diera motivos, sino por la manera en que trataba a Betty, como si fuese una auténtica barra de oro. Incluso ahora que están separados, sigue mirándola como si fuera una obra de arte, hablándole con veneración, tocándola con devoción.

Aunque Augustine lo intentó, no logró que Betty dejara de inundar los pensamientos de James ni de ser la razón de sus suspiros. Sabía que estaba peleando una batalla perdida, pero, aun así, los momentos furtivos con él valían totalmente la pena. A veces incluso se olvidaba de que ella no era la principal, y nunca lo sería.

Cuando estaban juntos, lo que hacían no parecía incorrecto; pero en cuanto se alejaban, ella se arrepentía de no haberse dado el valor para dejar de ser un reemplazo temporal, y de no habérselo dado también a Betty, ignorando su responsabilidad hacia ella de hacer lo correcto. James, por su parte, se arrepentía del daño que estaba causando a su relación con Betty y del que le causaría si se enteraba.

Cuando las vacaciones llegaron a su fin y Augustine y James se despidieron, ella se mostró serena, aunque por dentro estaba hecha pedazos. Días después, aún conserva la esperanza de que él vuelva a buscarla, de que la extrañe, de que, quizá, haya logrado ganarse al menos un fragmento de su corazón. Pero eso no sucede, ni sucederá. James está haciendo hasta lo imposible por recuperar la confianza de Betty y la relación que tenía con ella. La ama.

Augustine vuelve a suspirar. La pérdida le carcome el alma, aunque realmente no pueda perder algo que nunca le perteneció. Sin embargo, también atesora los momentos que agosto le regaló y luego le arrebató. Ser la segunda opción duele más que no ser una opción, porque implica aferrarse a la esperanza ilusoria de alcanzar el primer lugar.

Reuniones Clandestinas y Miradas Anhelantes

—¿Alguien te vio? —Lee observa el exterior nocturno y cierra la puerta tras la chica.

—Si lo hubieran hecho, no seguirías vivo. ¿A ti?

—Si lo hubieran hecho, no seguiría vivo. —ríe.

La sílfide se acerca juguetona a Viktor, le rodea el cuello con los brazos y pega los labios a los suyos. Él le rodea la cintura con las manos y la acerca más hacia sí, sintiendo su cuerpo arder contra el suyo.

—Estos son los mejores momentos del día. —Viktor se aparta lo suficiente para acariciarle el pómulo.

—Estoy de acuerdo. —sonríe Annia.

Viktor libera a la sílfide de una de sus manos y, con el brazo extendido, señala lo que antes era un laboratorio de metanfetamina, que ahora se usa ocasionalmente como estacionamiento. Esa noche no hay ningún vehículo, así que pueden disponer de todo el lugar.

El padre de Annia es el líder de una de las organizaciones criminales más poderosas del país, y la madre de Viktor es la líder de otra. Ambos grupos viven en una eterna disputa por el liderazgo, en la que ninguno está dispuesto a ceder. Un problema enorme para los herederos, quienes prefirieron amarse a odiarse, pero no un impedimento.

Ni siquiera pueden recordar cómo comenzó su historia de amor entre sangre, disparos y agitación, pero desde ese día han encontrado la manera de permanecer juntos a pesar de sus circunstancias. No importa si sus familias se odian a muerte; ellas no verían una rivalidad en su relación, sino una alianza.

A pesar de las personas de las que tienen que cuidarse, los momentos que deben elegir y las ocasiones en que tienen que fingir, su romance es de las cosas más ligeras que tienen en sus tumultuosas vidas. En él encontraron ese lugar que necesitaban para no ahogarse, a la persona correcta con la que ser ellos mismos, el mágico sentimiento del amor que les permite alejarse de sus mundos y affaires ilícitos, que son su más azaroso secreto y mayor tesoro.

Hay amores prohibidos que convierten la tragedia de lo oculto en la dicha de lo íntimo.

Gritando al Cielo

Enya se siente tan muerta en vida como el que creía era el amor de su vida, le repitió que está para él.

Ella y Edan se casaron perdidamente enamorados, con cientos de planes para el futuro; o al menos eso era lo que creía ella. Una vez desposados, Edan dejó de tratar a Enya como si fuera la única estrella del cielo para hacerla sentir como una insignificante partícula de polvo estelar. De pronto, las promesas, proyectos y sentimientos profesados se evaporaron. Quien más amaba se convirtió en quien más podía hacerle daño.

Aunque el corazón de Enya sufría por la frivolidad y ruindad, se aferraba a los recuerdos de los esplendorosos momentos que vivieron antes de casarse. Tenía la ilusión de volver a sentir ese calor en el corazón, esa electricidad en el cuerpo y esa plenitud en el alma. Además, hay ocasiones en que cree ver un ápice de arrepentimiento en su expresión y una chispa del amor de antaño en sus ojos. Por eso se quedó y siguió insistiendo, aunque Edan hiciera de su hogar un infierno.

Tiempo después, de seguir apostando a su relación, y cuando creía que Edan no podía romperle más el corazón, se dio cuenta de la peor manera de que estaba equivocada.

Esa noche permanecerá para siempre grabada con fuego en su memoria y con sangre en su cuerpo. Edan sujetándola por la fuerza, lanzándola agresivamente a la cama; quitándose la ropa para después retirársela a ella con violencia y desesperación; acercándose a ella como un depredador con los ojos encendidos de retaliación, abofeteándola para acallar sus súplicas; marcándole la piel; arrancándole gemidos de dolor físico y emocional y, finalmente, apartándola con displicencia.

—Deja ya de hacer un drama por esto. Estamos casados, es tu obligación complacerme. Al final, es para lo único que medio sirves. —pronunció Edan con palabras crueles.

Cuando Enya se encontró con Edan en la sala, aún temblaba y sentía que el suelo debajo de ella se movía.

—¿Por qué? —sollozó. —¿Por qué te casaste conmigo solo para tratarme como un objeto que te molesta? ¿Por qué me hiciste amarte si me odias tanto? —reunió el valor suficiente para preguntar. —¿Por qué me hiciste creer que me amabas? —

su voz apenas era un susurro. —¿Por qué convertir lo que creí que sería un sueño en una pesadilla?

Edan se volvió para mirarla, frágil y abatida. Su rostro se convirtió en una máscara de remordimiento, abatimiento y dolor que la joven no pudo descifrar.

—Porque eso era justo lo que quería. Quería que derramaras lágrimas de sangre por lo que hiciste. Hacerte tan miserable como tú me hiciste a mí. Causarte tanto tormento como tú me causaste a mí. —estaba al borde de las lágrimas, pero se esforzaba por contenerlas. —¿Crees que no ha sido una pesadilla para mí también?

—¿De qué estás hablando?

Edan se acerca a ella con los ojos llameantes.

—Mi mejor amigo está muerto.

—¿Y yo qué tengo que ver con eso?

—Tú me lo arrebataste. —gritó.

—¿Qué? —desconcertada.

—Por ti se quitó la vida. Porque no te tocaste el corazón antes de hacer que se enamorara perdidamente de ti, divertirte con él y luego desecharlo como a un juguete que ya te aburrió. —se pasa violentamente los dedos entre el cabello.

—¿Qué? —repitió Enya aún más desconcertada.

—Es que eres bastante buena fingiendo. —casi sonrió. —Entiendo que Noah haya creído esa farsa de que lo amabas y querías pasar el resto de tu vida con él. —sus lágrimas finalmente cayeron, fluidas, por sus mejillas; lágrimas de rabia. —Iba a pedirte matrimonio la noche en que decidiste romperle el corazón y llevarlo a hacer lo que hizo.

Enya miró al chico boquiabierta, como si estuviera considerando la posibilidad de que se hubiera vuelto loco.

—¿Por qué crees eso?

Edan se paró junto a la ventana, mirando la lluvia caer a través del cristal.

—Desde que Noah murió, he dedicado cada día de mi vida a buscar a esa misteriosa chica de la que él me contaba mientras sonreía como idiota. La chica con la que tenía tantos planes y a la que amaba tanto. La chica que le dio este anillo como prueba de su amor. —pronunció la última palabra con desdén. Del bolsillo izquierdo de su pantalón, sacó el anillo que siempre lleva consigo, se volvió nuevamente hacia la joven y lo levantó acusador.

Enya contempló la joya con perplejidad y un destello de dolor.

—¿Vas a negarme que te perteneció? —con brío la tomó del brazo.

De los labios de la joven escapó un grito ahogado.

—Busqué información del anillo, un rubí montado en oro rosado y un grabado único. —ejerció presión en su agarre. —Tus iniciales. Además, lo llevas puesto en muchas fotografías. Y claro, siempre que te pregunté por él, evadías el tema. Así que ya deja de hacerte la tonta.

La joven se liberó de la mano de Edan, airada.

—Sí, lo acepto, el anillo me perteneció.

Se dirigió a la habitación que compartía con su esposo, y al volver, sostenía una hoja de papel y la impactó con fuerza en el pecho de Edan.

—Ese era el anillo que llevaba en el accidente en el que perdí a mis padres y apenas logré sobrevivir. Creí que se había perdido entre las ruinas cuando el coche explotó. Pero ahora veo que no. —una lágrima involuntaria rodó por su mejilla. —Como podrás entender, evadí el tema porque me cuesta mucho hablar de él. No puedo hacerlo sin revivir esos momentos en que... —se detuvo, pues sabía que, si continuaba, no tendría las fuerzas suficientes para lo que estaba a punto de hacer.

Edan estaba tan pálido que su piel parecía casi traslúcida y parecía a punto de desmayarse.

—Enya. —hizo amago de tocarla, pero ella se apartó.

—Aquí tienes a tu condenada. —sus ojos, inyectados en sangre, reflejaban determinación. —Siento mucho que lo nuestro se basara en tu venganza y que terminemos así. —se dio la vuelta. —Te haré llegar la sentencia de divorcio.

Destrozada, nublada y fuera de sí, Enya salió de la casa; Edan fue tras ella, pronunciando palabras que ella no conseguía comprender. Entonces, todo se volvió oscuro y frío.

Recuperó la conciencia cuando la luna ya estaba alta en el cielo. Le dolía la cabeza, pero comenzó a recordar todo: ella huyendo del dolor, las súplicas de Edan por perdón y el acantilado del que cayó. Se golpeó con las rocas, el mar la cubrió y la corriente la arrastró hasta otra formación rocosa.

Ahora está allí, sin ninguna chispa de ánimo para continuar. No está segura de si podría llamarse suerte el hecho de haber sobrevivido a la caída y al ímpetu del mar, porque estar muerta no parece tan mala opción; al menos pararía de sufrir.

Perdida en la nulidad, se levanta y camina entre la

vegetación de la isla, derramando todas las lágrimas que antes no lloró. Sin darse cuenta, deja atrás la espesura del bosque y llega a la playa. Las olas le acarician los pies, trayéndola de vuelta a la realidad y provocándole nostalgia y añoranza.

Se deja caer en la arena, sentándose sobre sus talones y acaricia el vaivén del mar con las yemas de los dedos. Advierte que el agotamiento físico y emocional que llevaba arrastrando desde hace tiempo deja de pesar en su alma y en su cuerpo. Sus lágrimas siguen resbalando, pero ya no son desesperadas por el amor perdido de Edan, son serenas por su propio amor perdido. Le parece increíble hasta dónde tuvieron que llegar las cosas para que abriera los ojos y se diera cuenta de que estaba en una prisión por voluntad propia.

Las lágrimas son el remedio del alma porque la limpian y le permiten seguir adelante. Enya se seca las lágrimas, se levanta y sigue adelante con su vida, dispuesta a ser el fénix que resurge de sus propias cenizas.

Tiempo después, después de haber asistido furtivamente a su propio funeral y ver a Edan llorar desconsolado al lado del ataúd que solo contenía una foto suya, pues nunca se encontró su cuerpo, comprendió lo que antes no, que no podía permitirse seguir bajo el yugo del dolor, no podía dejar que la tristeza la venciera. Había más para ella, incluso si había obstáculos en el camino. Se levantaría de entre los muertos y comenzaría de nuevo.

—Mis lágrimas rebotan, pero está bien porque puedo sacar lo que me lastima, tomar aire y persistir. —se susurraba de vez en cuando, como una promesa a sí misma.

Edan sí se enamoró de ella y peleó por eliminar ese sentimiento que crecía en su interior, pero no lo logró. Por eso, en los momentos en que estaba a su lado, los pasaba librando una batalla emocional entre el amor y el odio. La quería, pero también sentía una férvida ira cada vez que la miraba, y esa ira, que ganaba, lo hacía tratarla como la peor de las basuras.

Ahora, la culpa de lo que le sucedió a Enya y los momentos tan horribles que la hizo vivir serían sombras que lo perseguirían por el resto de sus días. Mientras ella comenzaba a reconstruir su vida, él tendría que cargar con el peso de sus errores, las huellas de su egoísmo y el daño irreversible que había causado.

Enya dejó atrás todo lo que la ataba al pasado. En su renacimiento, el mar, con su incansable vaivén, se convirtió en su cómplice. La isla se hizo su refugio, y aunque el dolor la acompañaba, ya no gobernaba su ser. En las olas encontró consuelo, en la soledad, fuerza. Ella no era la misma mujer que había caído aquella noche.

Con el tiempo, las cicatrices no desaparecieron, pero aprendió a vivir con ellas. Cada día, Enya se enfrentaba a sí misma, a sus miedos y a la verdad que había eludido durante tanto tiempo: el amor no era un sacrificio, no era algo que debía ser impuesto ni tomado de forma egoísta. El verdadero amor, el que ella ahora se concedía a sí misma, no requería perderse ni convertirse en sombra.

El sol se levantó en su vida, y ella, con una sonrisa renovada, caminó hacia él.

Persiguiendo Sombras

Betty se maldice a sí misma por no dejar de derramar lágrimas por alguien que no las merece. James la hirió hasta hacerla sangrar, no debería amarlo, debería odiarlo. Pero no puede, no consigue arrancárselo del alma, de la piel y del corazón.

Es el amor mejor y el peor amor que ha conocido. Previo a la tempestad, todo era perfecto, ellos eran perfectos, una pareja que tenía todo para ser feliz por parte de los dos.

Al principio, Betty llegó a cuestionarse si sería su culpa que James haya hecho lo que hizo por haberlo orillado a buscar consuelo en alguien que sí se tomara el tiempo para dárselo.

Pero luego entendió que era tonto pensar así. Se puso en el lugar de James y, aunque sabe que la situación no debió haber sido fácil para él, ella jamás hubiera caído tan profundo como lo hizo él, porque lo ama y antes de en sí misma, pensaría en él y en el daño que le causaría.

Él no lo pensó así, sus principios no fueron lo suficientemente sólidos y su moral no lo suficientemente alta. Dejó que un problema tan usual en una relación lo alterara todo. Tal vez fue la falta de experiencia, antes no habían tenido un solo conflicto o pelea que tuvieran que resolver. Él tomó el camino fácil.

Betty se arrepiente de no haber estado para él, de no haberlo sostenido cuando más lo necesitaba, pero, aun así, no cree merecer la manera en que James le pagó.

Cuando las rutinas estuvieron terminadas, listas para presentarse en la temporada próxima, se sintió contenta porque eso significaba que pasaría más tiempo con su novio, que le dedicaría el tiempo que antes le negó. Pero entonces fue demasiado tarde.

Él estaba diferente, ya no la miraba, le hablaba ni la tocaba como siempre. Eso hizo sentir a la lamia como un cárdigan que se usó todo lo que tenía que usarse y luego se desechó. No comprendió por qué el cambio hasta ahora. Era culpa de James que no le permitiera siquiera mirarla a los ojos sin sentir vergüenza de sí mismo o tal vez que ya tenía a alguien más a quien dedicar esas miradas, esas caricias y esas palabras.

A la chica no le queda más que agradecer lo que pasó, pues ahora su inocencia se ha deformado en aspectos que la harán ir con más cuidado la próxima vez.

Agotada anímicamente, se acuesta en el césped, mirando el columpio en el que días atrás estuvo sentado James, mientras le decía que la amaba, le pedía perdón y prometía no dejar de intentar recuperarla. Betty quiere creer eso con todas sus fuerzas, pero las inseguridades no dejan su mente tranquila. ¿Lastimas a alguien que amas? ¿No se supone que amar es pensar en el bienestar del otro antes que en el tuyo?

No está segura de si llegará a tener la inteligencia emocional y valentía suficiente para tomar una decisión. Ama intensamente al chico, de lo contrario su traición no le dolería como lo hace. No puede predecir si ese amor la hará perdonarlo o despreciarlo por haberla dejado caer de tan alto. No está segura de sí la luz que él apagó pueda volver a encenderse. De lo que sí está segura es de que no olvidará jamás. Cuando algo tan delicado como un corazón se rompe, aunque sea restaurado, las marcas de las cicatrices permanecerán.

En Llamas Ardientes o en el Paraiso

Keila cierra la puerta de su habitación y se apoya en ella de espaldas, soltando la clase de suspiro que solo Anton es capaz de arrancarle. Del otro lado de la puerta, Anton hace lo mismo, sintiendo aún el sabor de ella en sus labios y su aroma impregnado en la piel de piedra.

Cuando mañana abandonen el aroma a tierra mojada, la sensación del viento entre los pinos y el sonido del agua del río corriendo, su idilio terminará para ser nuevamente una singular amistad. Sin duda, el campamento con amigos llegó en el momento preciso.

El efecto siempre es el mismo, miles de emociones

contraponiéndose: dolor y placer, amor y odio, tristeza y alegría, anhelo y orgullo. Correcto o incorrecto, lo que hacen los mantiene en un estado del que no quieren salir.

Los ettins eran tan solo unos niños cuando se enamoraron, cuando recién descubrían el significado de esa palabra y las experiencias y sensaciones que comprende. En ellos encontraron la magia y pureza del primer amor.

Tiempo después, azares del destino los separaron, convirtiéndolos tan solo en amigos que comparten mucho más que amistad y que, ocasionalmente, se dan la oportunidad de expresárselo. No importa cuánto tiempo pase, cuántos amantes o cuántos sucesos, no hay nada que cambie lo que sienten el uno por el otro.

Al principio, vivir momentos dorados, tan íntimamente significativos y profundos que luego tendrían que guardar en sus corazones y memorias sin poder esperar nada de ellos más que las emociones fugaces que puede ofrecerles y volver a actuar como amigos, era como clavar espinas a sus propios corazones. Pero con el tiempo, se volvió algo tan constante que comenzaron a olvidar que esas heridas sangran. Es un dolor que están más que dispuestos a soportar, pues el solo saber que están juntos para la eternidad les da la fuerza para hacerlo.

No entienden por qué, pero es así como funcionan, es su estilo, ser una tragedia como pareja, pero un remedio como amantes fugaces que se encuentran en el momento correcto, por el tiempo correcto. Así es como lo quiso el destino y ya han dejado de cuestionarlo.

Ahora que se han despedido, pasará otra temporada antes

de que vuelvan a relacionarse en el romance. Tal vez en un futuro, el destino le regale una segunda oportunidad a su amor, mientras tanto, vivirán latentemente en el corazón y la mente del otro. Pero está bien porque no aspiran a más, porque lo que viven es extraordinariamente suficiente para ellos. Se aman y siempre se elegirán, no importa qué.

Mantener un ciclo abierto no siempre es quedarse estancado, sino seguir avanzando y ser transigentes a la posibilidad de que el tiempo reacomode los planes del destino.

El Amor Es un Juego

En una elegante ciudad, donde el lujo y la ambición se entrelazaban, vivía Elena, una joven escritora conocida por su talento para crear historias cautivadoras. Sin embargo, después de una serie de fracasos amorosos y desilusiones, había decidido que era tiempo de enfocarse en su carrera, dejando atrás las complicaciones del romance.

La seelie había conseguido un contrato para su primera novela, y estaba ansiosa por llenar la página en blanco de su historia. Pero la inspiración no venía. A menudo se encontraba mirando por la ventana, observando a las parejas pasar de la mano, mientras su corazón anhelaba una conexión genuina. La vida en la ciudad estaba llena de glamour, y el amor parecía ser un juego en el que todos participaban, menos ella.

Una noche, durante una fiesta literaria en una galería de arte, Elena conoció a Alexis, un fotógrafo carismático con una sonrisa cautivadora. La química entre ellos fue instantánea, pero Elena se recordó a sí misma que estaba decidida a evitar complicaciones. No quería ser solo otra historia en su vida; no quería ser un cliché.

—¿Tú también estás aquí por trabajo o solo por el vino? —le preguntó Alexis, acercándose con una sonrisa divertida.

Elena, sin dejar de mirarlo, se encogió de hombros.

—Un poco de ambos, supongo. Pero no estoy aquí para comenzar una novela romántica, si es lo que piensas.

Alexis sonrió, divertido por su respuesta.

—No soy tan mal escritor como para hacer que eso pase... al menos no aún. —Su tono era juguetón, pero sus ojos no dejaban de buscar los de Elena.

A pesar de sus reservas, Alexis era persistente. Durante las semanas siguientes, comenzaron a verse con frecuencia. Cada encuentro era como una chispa; su conexión se profundizaba, pero Elena luchaba por mantener su corazón protegido.

—¿Y si esto no funciona? —pensaba Elena una tarde, mientras caminaban juntos por el parque. —¿Por qué me arriesgaría a ser otra historia rota?

Alexis la miró con un brillo misterioso en sus ojos.

—La vida no está hecha para predecir, Elena. Está hecha para ser vivida. No todo tiene que ser perfecto. Lo importante es lo que sientes en el momento. Y eso... eso lo sabes tú.

Elena lo miró, sorprendida por la sinceridad en sus palabras.

—Tienes razón, pero eso no hace que el miedo desaparezca.

—Eso se llama ser humano. El miedo nunca desaparece por completo. Solo tenemos que decidir qué hacemos con él.

Una tarde, mientras paseaban por el parque, Alexis le mostró una serie de fotografías que había tomado en sus viajes. Cada imagen contaba una historia, y Elena se dio cuenta de que había algo especial en su forma de ver el mundo.

—Las historias están en todas partes, solo hay que saber encontrarlas —le dijo Alexis mientras le enseñaba una fotografía de un atardecer en un pueblo lejano.

Elena observó la foto, fascinada.

—¿Así ves el mundo? ¿A través de historias?

Alexis asintió.

—El mundo es como un libro, Elena. Cada momento es una página. Solo hay que abrir los ojos para leerlo.

Las palabras resonaron en su mente, y por primera vez en mucho tiempo, sintió una oleada de inspiración. Pero el miedo seguía presente. La seelie sabía que, al abrir su corazón, estaba arriesgándose a una nueva desilusión.

—Tal vez lo mejor es mantener las cosas simples —murmuró, luchando con sus sentimientos.

—¿Simple? ¿Qué es lo simple en el amor? —preguntó Alexis, con una pequeña sonrisa. —Las mejores historias nunca son simples.

La noche de la presentación de su novela, la sala estaba llena de amigos, familiares y conocidos. Cuando llegó el momento de hablar, sintió un nudo en el estómago. Sin embargo, en lugar de leer las palabras que había preparado, decidió hablar desde el corazón.

—La vida es como una página en blanco. A veces, te da miedo llenarla con nuevas historias, pero es en esos momentos donde realmente encontramos lo que importa —dijo, mirando a la audiencia.

Al mirar entre la multitud, sus ojos se encontraron con los de Alexis, y de repente, todo lo que había temido se desvaneció. En lugar de ver la posibilidad de un fracaso, vio una oportunidad para algo nuevo y emocionante.

Esa noche, Elena decidió que no iba a permitir que el miedo dictara su vida. Con una sonrisa, se acercó a Alexis después del evento y le dijo:

—Quiero escribir nuestra historia, sin reservas.

Alexis la miró por un momento, luego sonrió ampliamente.

—Entonces, comenzamos ahora. Es hora de escribir nuestra propia narrativa.

Sucias Trampas del Mundo

Cada cabeza es un mundo, y para un hecatónquiro que tiene cincuenta, la colisión de los mundos es inevitable.

No comprende por qué la naturaleza creyó que unir cincuenta personalidades en una sola criatura era una buena idea. Todo es tan caótico, abrumador, extenuante y exasperante. Si en el pasado se llevaron bien, ya ni siquiera lo recuerdan. Sus memorias solo alcanzan para el tiempo en que empezaron a sobrellevarse, hasta ahora que se resignan a su acompañamiento. Lo único que hacen realmente bien juntos es crear tempestades cuando la situación se vuelve intolerable, y dejan salir la tensión acumulada usando sus poderes unos contra otros.

Cuando se han pasado años sin autonomía, bajo la inevitable atención de cuarenta y nueve pares de ojos, el tedio vuelve el carácter irritable, las miradas insidiosas y las palabras indiferentes. Es como estar las veinticuatro horas del día, los siete días de la semana, bajo un reflector, expectante a que cualquier decisión o acción desencadene una serie de críticas a las que solo queda responder de la misma manera hostil para no mostrarse inerme y frágil.

No son críticas que les quiten el sueño, pero sí se meten lo suficientemente profundo en la mente para interferir en aspectos de sus vidas, haciendo que se repriman de cosas que antes les eran regulares, y creando inseguridades que no tenían.

Están desesperados por una solución, por tener la libertad de hacer y decir lo que quieran, cuando lo quieran, sin tener a nadie asechando, esperando el momento de atacar.

Una noche, en una de sus peleas, el hecatónquiro termina cayendo por una pendiente hasta llegar al borde de un estanque. Las cabezas se dedican miradas furiosas y están a punto de iniciar una discusión cuando el agua, que brilla iridiscente, llama su atención, haciéndolo ponerse de pie con cautela.

La forma de una criatura brilla en amarillo, café, blanco y verde al fondo del estanque. El hecatónquiro se agacha lentamente y se inclina curioso hacia adelante; uno de sus cien brazos está a punto de sumergir la mano cuando una voz, ligera como el viento y dulce como la miel, lo hace volverse con rapidez y reincorporarse, pero no puede ver a nadie, como si el sonido proviniera de la misma selva.

La voz relata la leyenda de una quimera que, hace mil años, fue aprisionada en el estanque para transformarse en agua encantada, dándole el poder de conceder deseos.

—Un deseo el agua encantada con la energía de la quimera te concederá —dice la voz—. Sé cauto al elegir, pues puede darte tanto como quitarte.

El hecatónquiro ve una luz entre su cielo nublado, una llama de esperanza en la tempestad de su vida. Podría separarse en cincuenta seres diferentes e independientes, apartarse por fin del reflector. Pero eso significaría que la quimera seguiría prisionera; obtendría su libertad a expensas de la de alguien más. Ninguna de las personalidades podría librarse de su condena, sabiendo que alguien tiene una peor que la suya.

Ellas son libres, aunque no siempre lo sientan así; tienen la facultad de proceder de una manera o de otra, o de no hacerlo, siendo los únicos responsables de sus actos. Hay juicios que los hacen dudar, pero siempre pueden considerar tomarlos en cuenta o no.

Hay críticas constructivas que consisten en lo que necesitaban oír para mejorar en distintos aspectos y que en su momento agradecieron profundamente. Pero luego se volvieron críticas destructivas que ponían en duda su valor, con el único objetivo de dañar sin contribuir a ningún beneficio. El cambio se debió a la saturación en su propia vida, que los hizo infelices, resentidos y emocionalmente sensibles, dándoles la necesidad de liberar emociones negativas. Tal vez sus palabras ni siquiera concuerdan con sus opiniones, pero no importaba, porque terminaban con la valentía de otros para no sentirse cobardes, aunque justo por eso lo fueran; menospreciar porque la envidia los carcomía, herir a otros para distraerse de sus propias heridas.

Lo que critican son cosas absolutamente banales y sin sentido. Pensándolo así, es absurdo que, en lugar de sostenerse al estar pasando por la misma situación, se volvieron unos contra otros, empeorando aún más la situación.

Se miran unas a otras, usando su conexión para transmitirse su decisión.

—Deseamos que la quimera sea libre —expresan con seguridad al unísono—. Nosotros podemos conquistar nuestra libertad al vivir la vida como nos plazca, sin preocuparnos por opiniones ajenas que no nos aportan nada; solo nos sacudimos y seguimos adelante. En cambio, la quimera está presa por la voluntad de alguien más.

Tras pronunciar las palabras, el hecatónquiro comprende que la solución a las críticas malintencionadas no es responder de la misma manera o dejarse destruir por ellas, sino sacudirse, porque, de vez en cuando, un árbol necesita deshacerse de las hojas secas para poder crecer más fuerte. Ser auténtico es libertad.

Es imposible controlar lo que los demás digan o hagan. Lo que sí es posible es controlar lo que se hace al respecto, qué pensar, cómo tomarlo, cómo sentirse. Hundirse en la tristeza y no hacer nada con la vida, o aprender y agradecer lo que sucedió porque, gracias a ello, se es más fuerte, más capaz y más inteligente.

—Concedido —dice la voz de la isla.

Una brisa fresca y reconfortante rodea al hecatónquiro, haciendo que todas las personalidades cierren los ojos, anhelantes de tomarse un respiro. Cuando vuelven a abrirlos, la quimera está ante ellas, imponente y resistente.

—Hicieron lo que en mil años nadie hizo; sacrificaron un deseo propio por el de alguien más.

El hecatónquiro contempla fascinado a la criatura, que no es tan diferente de él, con una cabeza de león, cuerpo de cabra y cola de serpiente, existiendo en un solo ser.

La quimera inclina la cabeza en señal de agradecimiento y se pierde en la espesura de la selva, corriendo libre y ligera, no sin antes haber resultado en la liberación del hecatónquiro.

Nada Dura para Siempre

La historia nunca sabrá la verdadera razón por la que los dos reinos, al borde de una guerra por la disputa de tierras, desistieron y optaron por dividirlas. Una quimera, el único testigo de lo sucedido en aquella época del año, calla la historia que no le corresponde contar. Para la princesa Riana y el príncipe Julian, la auténtica versión perdurará únicamente en sus sueños salvajes.

Hasta entonces, los consejos reales de cada reino se habían encargado de las negociaciones, pero ninguna había dado resultado. Así que, como última medida, los príncipes herederos fueron encomendados a resolver diplomáticamente el conflicto de intereses antes de tomar acciones bélicas. Viajaron a las tierras en disputa y se establecieron con la esperanza de que su estancia fuera breve.

Ni Riana ni Julian estuvieron de acuerdo con la cumbre, pues no deseaban encontrarse cara a cara con quienes amenazaban el hogar que, desde que tenían memoria, juraron proteger. En consecuencia, predispusieron pensamientos y actitudes, incluso antes de conocerse.

Cuando el consejero del padre de ella y la consejera de la madre de él los presentaron, apenas pudieron fingir cortesía y conservar sus modales. Tuvieron que pasar varias horas antes de que decidieran reunirse en privado para comenzar su labor. Lo que los motivó fue que, entre más rápido lo hicieran, más rápido se irían.

—En vista de que usted y el príncipe son contemporáneos, los consejos creemos que lo mejor es aislar el ambiente político para que resulte más un encuentro menos tenso —dijo el consejero.

—Yo creo que el príncipe ya está bastante tenso. Tiene cara de idiota —expresó sin relevancia.

—Princesa —la reprendió escandalizado.

—Ya sé, ya sé. Así no es como una princesa debe expresarse.

—Por favor, trate de no matarlo en los primeros diez minutos —sonrió y le guiñó un ojo a la princesa, que había visto crecer y forjar carácter.

—Bien, pero solo lo haré por ti. No serías acreedor a tu título si no siguiera tu consejo —le devolvió la sonrisa.

—¿De verdad es necesario?

—Es lo más conveniente —contestó la consejera.

—Pero tiene cara de estar completamente loca. No puede tratarse con alguien así.

—Príncipe —lo reprendió escandalizada.

—Solo estoy diciendo la verdad. No me digas que tú no lo notaste.

Divertida, la consejera negó con la cabeza.

—Por favor, trate de usar su ironía con ella.

—Bien, pero insisto en que es solo la forma sutil de decir la verdad.

La consejera le dedicó una sonrisa ligeramente orgullosa al príncipe que había visto crecer y abrirse paso a su manera.

Riana y Julian se miraban fijamente, desafiándose. Para sorpresa de ambos, ella se descubrió admitiendo que lo que juzgó como "cara de idiota" en realidad era un atractivo rostro de dulce expresión, y él se descubrió reconociendo, no sin cierto disgusto, que lo que juzgó como "cara de estar completamente loca" en realidad era un bello rostro con expresión determinada.

—Entonces… ¿vamos a quedarnos aquí hasta que el mar se seque? —preguntó Julian, hastiado.

—Espero que no. No creo que pudiera soportarlo.

Julian le sonrió provocador.

—Bien, entonces dígame, alteza, ¿cuál es la solución que propone para impedir la guerra?

—Simple, que su reino nos ceda el derecho de propiedad de las tierras.

El príncipe rio por lo bajo.

—¿Y no le parece más simple que sea su reino el que nos ceda ese derecho?

—No, no lo es.

—¿Por qué no?

—Porque no vamos a dar la satisfacción del triunfo a quienes nos han amenazado con reducir hasta las cenizas mi reino —respondió Riana tajante.

—No habríamos amenazado con ello si ustedes no lo hubieran hecho primero.

—¿Disculpa? —la princesa se levantó ofendida y se acercó a él, impetuosa—. Jamás hubiéramos tomado medidas tan severas de no haber sido necesario para nuestra propia defensa.

—Eso es justo lo que hicimos nosotros: defendernos de sus amenazas.

Después de una larga y acalorada discusión, en lo único que terminaron coincidiendo fue en que lo único que sabían del conflicto de las tierras venía de los reportes de sus consejos reales, y ambos tenían versiones diferentes del detonante que los llevó a ponderar tomar acciones bélicas y quién fue el iniciador.

Riana cierra los ojos un momento y niega con la cabeza.

—Si quieres algo bien hecho, debes hacerlo tú mismo —suspira.

—Ya estamos de acuerdo en algo más. Diría que estamos avanzando —sonríe complacido.

Finalmente, decidieron reunirse al día siguiente para darse tiempo a procesar la nueva información y tener la mente más clara. Pero, a pesar de que llegaron a una solución viable en la próxima reunión, ninguno lo mencionó a sus consejeros. Hubo algo en su primer encuentro, que, aunque algo estropeado, les despertó el deseo de conocerse mejor.

Las semanas pasaron y los príncipes se enamoraron inesperada e intensamente. Al principio, les costó admitirlo, pues ambos llevaban puestas argollas de matrimonio, aunque no por voluntad propia, sino por el deber que como herederos tuvieron que cumplir al establecer alianzas con otros reinos, dejando de lado las elecciones de sus corazones.

Ella no puede quejarse de su esposo, y él no puede hacerlo de su esposa. Ambos son encantadores, pero simplemente no son sus amores verdaderos.

Cuando entendieron que, si no tomaban la oportunidad que se les estaba presentando, lo lamentarían toda su vida, no se contuvieron y desbordaron sus pasiones, deseos y sentimientos reprimidos.

Sabían que estaba mal, pero no por traición a sus parejas en sí, porque desde que contrajeron matrimonio supieron que lo hacían por deber y no por amor, así que no les deben lealtad, pero sí respeto. La única falta que realmente les remordía la conciencia era saber que sería algo que ocultarían para siempre a sus parejas, pues no todos anteponen la moral del corazón sobre la de la mente.

A veces es necesario vivir el momento sin pensar en el mañana, porque la vida es tan incierta que la felicidad debe aprovecharse cuando se presenta.

Ahora, después de algunos meses, no podían seguir postergando más su despedida sin levantar sospechas, así que dieron por terminada la cumbre al presentar la solución a los consejos, una demasiado generosa en su opinión, considerando los antecedentes.

—Prométeme que no me olvidarás —suplicó Riana con un hilo de voz.

—Eso jamás. No podría olvidar al amor de mi vida —Julian la rodeó con los brazos—. ¿Tú me olvidarás?

—El verdadero amor no se olvida —lo presionó con fuerza contra su cuerpo, como si quisiera que se quedara en ella como un tatuaje.

Los jóvenes compartieron un último beso antes de emprender el viaje de vuelta a sus reinos. No se arrepienten de nada de lo que pasó y lo atesorarán para siempre en sus memorias y corazones. Una adversidad les regaló la dicha de haber conocido el amor romántico como lo es realmente.

Las Curitas No Reparan Agujeros de Bala

En una ciudad vibrante, dos amigas, una valquiria y una amazona, compartían sueños, risas y secretos. Desde la infancia, eran inseparables, apoyándose en todo: los exámenes, los desamores y las travesuras. Pero una sombra comenzó a cernirse sobre su amistad.

Una noche, en una fiesta, Valeria conoció a Marco, un chico carismático que rápidamente se convirtió en el centro de atención. Lía, quien había estado interesada en él, sintió que el suelo se desvanecía bajo sus pies. A pesar de sus esfuerzos por ocultar su desagrado, la tensión se acumuló como una tormenta.

Con el tiempo, Valeria y Marco comenzaron a salir, y Lía no pudo evitar sentir celos. Las bromas y las sonrisas entre las tres se convirtieron en miradas frías y silencios incómodos. Las conversaciones que antes fluían como ríos, ahora eran escasas y tensas. El amor de Valeria por Marco creció, pero el resentimiento de Lía también.

Una tarde, Lía, harta de la situación, decidió enfrentar a Valeria. En un parque lleno de risas y juegos, su voz resonó:

—No puedo seguir fingiendo. Esto no es solo tu historia, Valeria. También es la mía.

Las palabras estallaron como un trueno en un cielo despejado. Valeria, sorprendida, sintió el peso de la verdad.

—¿Qué estás diciendo, Lía? —preguntó Valeria, entre confundida y dolida.

Lía la miró fijamente, sus ojos reflejando la lucha interna.

—Estoy diciendo que no todo gira en torno a ti. Tú y Marco... ¿qué hay de mí? De nosotras. Yo también tengo sentimientos, Valeria. —su voz tembló, pero se mantuvo firme.

La conversación se tornó en una discusión. Secretos salieron a la luz, viejas heridas se reabrieron. Lo que había sido una amistad sólida comenzó a desmoronarse, dejando solo rencores. En ese momento, ambas se dieron cuenta de que no solo había un chico de por medio; había malentendidos, inseguridades y un abismo que se había creado entre ellas.

Decidieron distanciarse, pero no sin antes prometerse que algún día, cuando las heridas sanaran, encontrarían el camino de regreso. Pasaron meses sin hablarse, cada una sumida en su mundo, hasta que un día, un mensaje apareció en la pantalla de

Valeria:

—¿Podemos hablar?

Se encontraron en el mismo parque, donde todo había empezado. Con el tiempo y las cicatrices visibles, se dieron cuenta de que la amistad era más fuerte que los celos. Con lágrimas en los ojos, se abrazaron y, aunque el camino de regreso sería largo, ambas estaban dispuestas a intentarlo.

Al final, la ciudad seguía girando, llena de historias y nuevos comienzos. Pero Valeria y Lía sabían que la verdadera amistad puede resistir incluso las tormentas más oscuras, siempre y cuando haya amor y entendimiento.

Cómo Arruinar el Día Perfecto de Alguien

—¿Por qué me odias tanto? —pregunta Ámbar, con las lágrimas quemándole los ojos y un nudo subiéndole por la garganta—. Dime por qué —exige.

Su madre le dedica una mirada vacía y luego ríe con cierto delirio.

—Odiarte es poco. No sabes lo mucho que me arrepiento de haberte dado la vida.

La ira tiñe su tono, pero en sus ojos hay arrepentimiento. Es lo que pasa cuando se libra una batalla interna, y lo ha hecho por tanto tiempo que ya se acostumbró a vengar el pasado y luego repudiarse a sí misma por ello. Cuando dos fuerzas tan abrasadoras como la ira y el amor colisionan, es inevitable que haya un vencedor sin que nadie salga herido.

Ámbar siente que un cuchillo atraviesa su frágil corazón. No entiende por qué su madre es tan cruel con ella. Siempre ha intentado acercarse a ella, demostrarle que la ama, a pesar de que la trate como si fuera basura.

Cuando accidentalmente se olvida de su desprecio, la trata como a una verdadera hija, pero luego la mira detenidamente, perdiéndose por un instante, y parece recordar que no puede permitirse sentir más que inquina hacia ella, y enseguida la rechaza sin tentarse el corazón sobre las ilusiones que eleva y luego deja caer deliberadamente. Son momentos muy escasos, pero bastan para que Ámbar quiera seguir intentando ganar un poco de cariño.

Más allá de ellos, no recuerda una sola vez en que su madre la haya tocado para otra cosa que no sea maltratarla o hablado para más que insultarla. Es como si su sola presencia fuera para ella una tortura.

Constantemente tiene un sueño en el que su yo de tres años juega a la fiesta de té en la sala. Su madre se acuclilla junto a la mesa de centro para fingir que bebe el té de agua de la llave que le ofrece y le sonríe. Parece quererla.

Pero hay una parte inconclusa, la parte en la que Ámbar siempre despierta. Lo último que ve es a su madre llamando a su padre para unirse a la fiesta de té y a otra persona cuyo nombre le suena demasiado familiar, pero que no puede descifrar.

—Suficiente, Karen. Ámbar no merece que la trates así —

interviene el padre de Ámbar entrando en la habitación.

—¿No lo merece? —ríe—. Por supuesto que lo merece. Merece el mismo destino que le causó a Lily.

Los ojos del padre de Annia se abren de par en par y el color abandona su rostro.

—Karen, por favor...

—No —dice tajante—. Estoy harta de estar protegiéndola de culpas y castigos que merece. Que la consuma. Me cansé de evitarle el mismo dolor que ella nos ha obligado a soportar desde hace quince años.

—¿Quién es Lily? —inquiere la gigante con la voz temblorosa.

La pareja de gigantes que cumplía tres años de matrimonio fue la más feliz cuando el doctor les dio la noticia de que serían padres de gemelas. Siempre anhelaron tener una hija, así que tener dos era como un regalo divino. Cuatro meses después salían del hospital radiantes de alegría con sus dos hijas en brazos, a las que dieron por nombre Ámbar y Lily.

Durante los primeros cuatro años, todo fue perfecto, hasta que aquel trágico día de otoño todo se convertiría en un infierno para la familia.

Ámbar y Lily jugaban en el jardín mientras sus padres preparaban la comida. Ámbar observó una pequeña bola subir por el brazo de su oso de peluche. Curiosa, levantó el juguete y siguió sus movimientos.

—¿Qué es eso? —preguntó Lily.

—Una mariquita. Toma.

Ámbar sacudió el peluche hasta que la bola negra cayó sobre el brazo de su hermana. Ambas la observaron por unos segundos esperando que levantara el vuelo, pero no lo hizo.

—No sé por qué no vuela. Tal vez necesite impulso —dijo Ámbar mientras tomaba una rama cercana y picoteaba varias veces la pata de la mariquita.

Lily gritó, haciendo correr a la bola negra y roja de vuelta al jardín.

Minutos después, Ámbar se molestó cuando su hermana se quedó dormida. Ella quería seguir jugando.

Horas después, cuando sus padres las llamaron para comer, Ámbar les informó que Lily se había quedado dormida. Lily nunca se quedaba dormida de día, así que su madre salió extrañada al jardín.

—¿Lily? ¡Lily, despierta, es hora de comer!

Cuando sus dedos tocaron la piel de su hija, un escalofrío la recorrió. Retrocedió como si la hubieran golpeado. Un sudor frío comenzó a empaparla.

—¡Galio! —gritó alarmada—. ¡Ricardo, ven pronto!

El padre de las niñas llegó apresuradamente. Al ver temblar a su esposa y a su hija inerte, el terror lo invadió.

—Esta... —la voz de Karen tembló—. Mi niña está...

Galio se arrodilló junto al cuerpo de su hija, palpó sus brazos y su rostro con desesperación.

—¿Qué pasó, Ámbar?

—No lo sé. Se quedó dormida después de ver a la mariquita.

—¿Qué mariquita? —pregunta Karen entre sollozos.

—La que encontré en mi oso. Se la puse en el brazo y, como

no volaba, la piqué con una ramita.

El terror subió por el rostro de los padres.

Galio buscó una marca en los brazos de Lily, algo que le dijera que no era lo que él y su esposa pensaban. Rogó no encontrar nada, pero lo hizo. Un punto negro con ramificaciones en el interior del antebrazo, la picadura de una kikimora y el veneno arácnido letal.

—¿Por qué mi hermana no despierta? —preguntó Ámbar confundida.

Raro, pero Jodidamente Hermoso

Era una noche de invierno en un pequeño pueblo, donde la nieve caía suavemente, cubriendo las calles con un manto blanco y brillante. La doxie caminaba sola, solo con su pelaje como abrigo, absorta en sus pensamientos, sintiendo que la rutina la había atrapado. La vida había sido predecible: trabajo, tareas y un par de amigos. Pero, en el fondo, anhelaba algo más, algo mágico.

Mientras paseaba, su mirada se posó en el cielo. Era una noche clara, y de repente, comenzó a caer una lluvia de estrellas. Sofía se detuvo, maravillada. Nunca había visto algo así. Era como si el universo hubiera decidido regalarle un momento especial, aunque aún no sabía que la verdadera magia estaba por llegar.

Al girar en una esquina, se topó con Drake, un viejo amigo de la infancia. No se habían visto en años. Él tenía una sonrisa cálida y una chispa en los ojos que la hizo sentir viva de nuevo. Al instante, la conversación fluyó entre risas y recuerdos, como si el tiempo no hubiera pasado. Se sintieron como dos piezas de un rompecabezas que finalmente encajaban.

Mientras hablaban, la nieve continuaba cayendo, y de repente, una ráfaga de viento llevó un copo hasta sus labios. Sofía se rio y, sin pensarlo, cerró los ojos, disfrutando del momento. Cuando los abrió, Drake la estaba mirando intensamente, y por un instante, el mundo a su alrededor se desvaneció. Todo parecía suspendido en el tiempo, como si la magia de la noche hubiera creado un espacio solo para ellos.

—¿Te imaginas que esto fuera solo el principio de algo más? —preguntó Drake, su voz suave pero cargada de significado.

Sofía sintió su corazón latir con fuerza. Era como si un rayo de luz hubiera atravesado su vida, iluminando todo lo que había estado apagado. La idea de algo más la llenó de esperanza.

A medida que la noche avanzaba, caminaban juntos, compartiendo sueños y miedos, como si el frío no existiera. Se dieron cuenta de que, a pesar de haber tomado caminos diferentes, siempre había un hilo invisible que los unía. El aire era ligero, lleno de promesas, y Sofía sintió que, quizás, la magia que tanto anhelaba no era solo la nieve en el cielo, sino la conexión que había renacido entre ellos.

Cuando finalmente se despidieron, el corazón de Sofía latía

con una mezcla de emoción y nerviosismo. Aquella noche no solo había traído nieve, sino también la posibilidad de un nuevo comienzo. Al mirar hacia el cielo estrellado, se dio cuenta de que, a veces, la vida te sorprende con lo inesperado: la magia puede caer como la nieve en una noche de invierno, envolviéndote en su belleza y promesa.

Bajo Escrutinio

En la vibrante ciudad de Estrella, donde los días parecían deslizarse con facilidad y las noches estaban llenas de luces brillantes, existía un pequeño café llamado El Velo de Lavanda. Era un lugar especial, donde la música suave y el aroma del café recién hecho creaban un ambiente perfecto para los encuentros.

Alice, una artista soñadora, pasaba sus días pintando en la plaza central, capturando los colores del atardecer y la vida que la rodeaba: los grendels deambulando hostiles y los gremlins jugueteando inquietos. Sin embargo, había un velo de preocupación que la acompañaba: la presión de cumplir con las expectativas de los demás. Su familia quería que siguiera un camino más convencional, pero su corazón anhelaba la libertad de crear.

Una tarde, mientras tomaba un descanso en El Velo de Lavanda, conoció a Dalton, un fotógrafo apasionado. Se sentaron en la misma mesa y, en cuanto intercambiaron miradas, algo chispeante encendió el aire entre ellos. Hablaron durante horas, compartiendo sus sueños, sus miedos y la visión que tenían del mundo. Era como si todo lo demás se desvaneciera, y solo existieran ellos dos.

—¿Alguna vez has sentido que vives entre dos mundos? —preguntó Alice, mirando su taza de café.

Dalton asintió, con una leve sonrisa.

—Todo el tiempo. Mi familia quiere que sea abogado, pero cada vez que tomo una foto, siento que estoy exactamente donde debo estar. ¿Y tú?

—Mis padres quieren que tenga una vida estable, que sea profesora de arte o algo similar. Pero... no sé. No puedo imaginar mi vida sin pintar.

A medida que su conexión se profundizaba, Alice se dio cuenta de que Dalton también sentía la presión de las expectativas. Su familia quería que se convirtiera en un abogado exitoso, pero su corazón latía por capturar la esencia de la vida a través de su lente. Se entendían perfectamente; sus almas estaban en sintonía.

Juntos, comenzaron a explorar la ciudad, compartiendo risas y aventuras. Cada momento se sentía como un destello de luz en medio de la rutina diaria. Se perderían entre las calles, disfrutando del mundo a su alrededor, como si estuvieran envueltos en un velo de lavanda que los protegía de las preocupaciones externas.

—Tengo una idea —dijo Dalton un día, mientras caminaban por el malecón—. ¿Y si hacemos un proyecto juntos? Una exposición que combine nuestras pasiones: tus pinturas y mis fotos.

Alice lo miró, sorprendida.

—¡Eso suena increíble! Podrías fotografiarme mientras pinto. Sería un diálogo entre nuestras artes.

Así, comenzaron a trabajar codo a codo, inmersos en su mundo creativo, donde la presión del exterior se desvanecía, dejándolos solo con su arte y su amor.

Sin embargo, no todo era fácil. A medida que la exposición se acercaba, las voces de sus familias comenzaron a hacerse más fuertes. Alice sintió el miedo acechar, temiendo que la realidad aplastara su sueño.

—¿Y si todo esto es un error? —dijo Alice una noche, mientras repasaban los últimos detalles de la exposición.

Dalton dejó el cuaderno que tenía en las manos y la miró con ternura.

—No dejemos que el mundo nos defina. Estamos creando algo hermoso aquí.

Esa noche, bajo un cielo estrellado, Alice decidió que no permitiría que las expectativas arruinaran su felicidad. Ella y Dalton se abrazaron, rodeados de un halo de sueños compartidos y amor, sabiendo que lo que estaban creando era más valioso que cualquier norma impuesta.

Finalmente, llegó el día de la exposición. Al entrar al espacio lleno de color y luz, Alice se sintió libre. Miró a su alrededor y vio su arte y las fotografías de Dalton, y se dio cuenta de que habían creado un refugio donde sus almas podían volar.

En ese instante, comprendió que el velo de lavanda no solo era un símbolo de su amor, sino también un recordatorio de que, a veces, lo que más importa es vivir en la verdad de uno mismo, dejando que la belleza del momento ilumine el camino.

Atravesada por el Corazón, pero Nunca Asesinada

Karlie siempre ha sido su peor crítica.

Cada mañana, al despertarse, mira su reflejo en el espejo y ve más que solo su imagen. Ve las inseguridades, los fracasos y las dudas que la siguen como sombras. Mientras se prepara para el día, esas voces internas resuenan en su mente: <<No eres lo suficientemente buena<< <<Nunca lo lograrás>>.

La vida de Karlie parece un ciclo interminable de altos y bajos. En su trabajo como diseñadora gráfica, sus ideas siempre son bien recibidas, pero no puede evitar el susurro de la autocrítica que la hace dudar: <¿Y si alguien se da cuenta de que no tengo talento?> Esa pregunta la atormenta todo el tiempo. A veces solo quisiera ser libre como un pegaso y volar, surcando los cielos, sin ninguna preocupación.

Un día, su mejor amiga, Lía, la invita a una exposición de arte en la ciudad. Karlie duda, pensando que no encajará, que será un recordatorio de todo lo que no es. Sin embargo, algo en la voz de Lía la convence.

—Ven, solo por un rato. Necesitas un descanso —le dice.

Al llegar a la galería, Karlie siente un torbellino de emociones. Las obras de arte la envuelven, cada una contando una historia diferente. Sin embargo, la ansiedad la aprieta, y pronto se encuentra apartada de la multitud, perdida en sus pensamientos. Es entonces cuando un hombre, con un aura enigmática, se acerca.

—¿Qué te trae por aquí? —le pregunta con una sonrisa que ilumina su rostro.

Karlie duda, pero termina contándole sobre sus inseguridades y su lucha con la autocrítica. Él la escucha atentamente, como si cada palabra tuviera un peso significativo.

—Sabes —dice él—, a veces somos nuestros propios villanos. Pero eso no significa que no podamos ser héroes en nuestra propia historia. No dejes que esos pensamientos te definan.

Esa frase resuena profundamente en Karlie. Se siente expuesta, pero también liberada. En ese momento, comprende que no está sola en su lucha. Todos, incluso aquellos que parecen seguros, tienen sus propias batallas internas.

A medida que la noche avanza, Karlie se une a Lía y al misterioso hombre en conversaciones llenas de risas y sueños.

Se siente más ligera, como si el peso de su autocrítica comenzara a desvanecerse. Comprende que es normal tener dudas, pero no debe dejar que esas sombras dicten su vida.

Con el paso de los días, Karlie trabaja en su proyecto con una nueva perspectiva. Comienza a aceptar sus imperfecciones y, en lugar de temer el fracaso, se enfoca en el proceso creativo. Al final, presenta su trabajo con confianza y, para su sorpresa, recibe elogios sinceros.

El espejo ya no le parece tan amenazante. Ha aprendido a mirar más allá de sus defectos, a ver la belleza de su vulnerabilidad. En lugar de ser su peor enemiga, se convierte en su mejor aliada.

Karlie comprende que el camino hacia la autoaceptación es un viaje constante, lleno de altibajos. Pero cada día que se levanta, está decidida a enfrentarlo, recordando siempre que la verdadera heroína de su historia es ella misma, capaz de brillar incluso en sus momentos más oscuros.

Un Portal Profundo

En el pequeño pueblo de Aurora, donde los días parecen prolongarse y las noches son silenciosas, Gala se encuentra atrapada entre sus sueños y la realidad. Siempre ha sentido que hay algo más allá de las colinas que rodean su hogar. Los ancianos del pueblo hablaban de tierras misteriosas donde habitaban criaturas mitológicas: nagas de sabiduría infinita e hidras guardianas de tesoros secretos. Desde pequeña, esas historias habían alimentado su deseo de explorar el mundo y vivir experiencias más allá de lo cotidiano.

Una noche, mientras la lluvia cae suavemente sobre el tejado, Gala se sienta en su ventana, observando las gotas deslizarse por el cristal. La melodía de la lluvia la envuelve, recordándole sus sueños de juventud. Aunque las leyendas la fascinaban, nunca había tenido el valor de cruzar las colinas para comprobar si eran reales. Sus amigos hablaban de construir una vida en el pueblo, de formar familias y seguir el camino tradicional, pero ella anhelaba algo diferente, algo que resonara con los cuentos de criaturas míticas y aventuras.

Es en una de esas noches de lluvia cuando conoce a Ethan, un forastero que ha llegado al pueblo por casualidad. Tiene una sonrisa deslumbrante y un aire de misterio que intriga a Gala. Se encuentran en una pequeña cafetería, compartiendo historias de sueños y anhelos. A medida que hablan, la conexión entre ellos crece, como si fueran dos almas que se han estado buscando.

—¿Crees que las nagas y las hidras son reales? —pregunta Gala, inclinándose sobre la mesa con curiosidad.

Ethan sonríe, jugueteando con su taza de café.

—Creo que las historias siempre tienen algo de verdad. Tal vez no como las imaginamos, pero... ¿no sería emocionante descubrirlo?

Esa chispa en los ojos de Ethan inspira a Gala. Con el tiempo, su relación florece, y él la anima a no solo perseguir sus sueños, sino también a explorar los misterios que la rodean. Un día, mientras la lluvia continúa, Gala se arma de valor.

—¿Y si intentamos encontrar algo? —dice, su voz temblando de emoción y nerviosismo.

Ethan asiente con entusiasmo.

—Pensé que nunca lo pedirías.

Comienzan a explorar los bosques cercanos, siguiendo rumores y señales. Una tarde, al llegar a un claro, encuentran un río de aguas cristalinas que parece brillar con luz propia. Ethan se detiene, señalando unas figuras serpentinas que se mueven en la distancia.

—¿Eso son... nagas? —susurra Gala, con el corazón acelerado.

Cuando se acercan con cautela, una de las criaturas emerge del agua. Su torso es humano, elegante y majestuoso, mientras su cola escamosa refulge como un arcoíris bajo la luz tenue. La naga los observa con ojos penetrantes, y su voz resuena como un eco en el aire.

—¿Qué buscan en estas tierras? —pregunta, con un tono que mezcla curiosidad y advertencia.

Gala respira hondo y da un paso adelante.

—Conocer la verdad... y entender qué más hay en este mundo.

La naga sonríe levemente, como si reconociera la sinceridad en sus palabras.

—La verdad es un camino difícil, joven humana. No todo lo que encuentren les traerá alegría, pero también está el riesgo de que nunca sepan lo que pudieron haber descubierto.

Tras unas palabras más, la naga les da una advertencia.

—Más allá de este río se encuentra la cueva de las hidras. Si buscan respuestas, deberán enfrentarlas. Pero recuerden, no todo desafío se gana con la fuerza.

Esa noche, Gala y Ethan acampan junto al río, llenos de dudas y esperanza. Al día siguiente, avanzan hacia las colinas hasta encontrar una cueva oculta entre la maleza. Dentro, el aire es húmedo y pesado, y pronto escuchan el retumbar de pasos múltiples. Una hidra emerge de las sombras, sus múltiples cabezas moviéndose con sincronía amenazante.

—¿Por qué han venido a mi hogar? —ruge una de las cabezas, su voz grave resonando en las paredes.

—Buscamos aprender, no luchar —dice Ethan, manteniendo la calma.

Gala da un paso al frente, recordando las palabras de la naga.

—Si nos permites pasar, prometemos honrar tu territorio. No queremos robar ni destruir, solo encontrar nuestro camino.

La hidra los observa con todas sus cabezas, evaluándolos con una mirada intensa. Finalmente, la más grande habla.

—El respeto abre caminos que la fuerza nunca podrá. Pueden continuar, pero recuerden: el verdadero poder está en la unión de sus almas.

Con ese enigma resonando en sus mentes, Gala y Ethan cruzan la cueva y llegan a un paisaje que parece sacado de un sueño: un valle donde el cielo es de colores cambiantes y los árboles tienen hojas doradas. Allí, Gala siente que finalmente ha encontrado el inicio de su verdadera aventura.

Cuando llega el día de despedirse de Aurora, se siente agridulce, pero llena de determinación. Al mirar hacia atrás una última vez, comprende que no está abandonando su hogar, sino llevándolo consigo en el corazón.

Gala se sube al tren con Ethan a su lado, lista para enfrentar lo que venga. La lluvia de medianoche deja atrás la nostalgia, mientras se adentran en un futuro lleno de posibilidades, recordando siempre que cada gota de lluvia y cada encuentro con lo extraordinario han sido parte de su viaje hacia la libertad, el descubrimiento y la magia de lo desconocido.

Vistiendo para la Venganza

Al oír las sirenas de las patrullas acercándose, Enit abre los ojos de golpe. Grita desesperada al despertar en plena madrugada, sumida en un charco de sangre. Se incorpora súbitamente, alarmada, y comienza a revisar su cuerpo, buscando la herida de la que emane tanta sangre, pero no logra encontrarla; la sangre no es suya.

Con un nudo en la garganta y al borde de la desesperación, se frota la cara con las manos, dejándose marcas escarlatas. A medida que la niebla del sueño se disipa, observa su entorno y reprime un grito al ver el cadáver de una mujer de mediana edad tendido a su lado.

El asesino no tuvo tiempo suficiente de matarlas a ambas antes de que el sonido de las sirenas lo ahuyentara.

Enit se levanta trémulamente, buscando consuelo mientras envuelve sus alas a su alrededor. Tiene frío, le duele la cabeza y solo ansía un lugar conocido y seguro.

Al llegar, una policía toma su declaración, pero Enit no puede recordar nada desde que esa noche salió de su casa para encontrarse con una amiga. Está tan conmocionada que en su mente solo hay imágenes borrosas que no puede o no quiere recordar.

—Tenemos un testigo. —grita un policía que sale de una casa con la luz encendida.

El corazón de Enit da un vuelco al saber que alguien describiría los horribles acontecimientos que sucedieron esa noche.

Una mujer mayor, vestida con ropa de dormir, atraviesa temerosa la puerta de la casa y clava los ojos en Enit, quien es incapaz de soportar la mirada que la atraviesa como el cuchillo más afilado.

—Ella fue. —dice con voz temblorosa. —Yo la vi. Los gritos de la mujer me despertaron, así que me levanté, miré por la ventana y lo presencié todo. Asesinó a sangre fría a esa mujer, y cuando escuchó las sirenas, se desplomó junto al cadáver.

Ojiplática, Enit se mira las manos temblorosas. Entonces, el recuerdo llega a ella como un relámpago. Se recuerda gritando en el interior de su cabeza, rogándole a su cuerpo que se detuviera, que la obedeciera. Pero, mirándose en un espejo, la personalidad que tomó el control de su cuerpo solo le sonreía tétricamente.

La Erinia mira aterrada a los policías, a la testigo, y a la mujer tendida en el suelo, cubierta por una sábana.

El policía se acerca a ella con las esposas, pero Enit retrocede, poniendo las manos al frente.

—Yo no... —llora, temblorosa. —Fue ella, lo recuerdo. Lo recuerdo. —su mirada está perdida. —Tienen que ayudarme, por favor. Yo quería retirarme, pero ella no me dejó, jamás lo permitiría. —se vuelve hacia el policía. —Entonces me maldijo, me maldijo con este alter ego que no hace más que atormentarme al cometer los más horribles actos en mi nombre.

El policía frunce el ceño y la observa detenidamente.

—Eres una Erinia, una vengadora por excelencia. Si alguien te amenazara, no viviría para contarlo.

—No es así, lo juro. Es por eso que quiero retirarme, porque este no es el tipo de vida que quiero. No soy como las demás.

—En eso tienes razón. Las demás de tu estirpe actúan basadas en juicios, no por vileza. —dice el policía, apuntándole con un blaster.

—Este no es tu primer crimen, es una despiadada cadena de la que has conseguido escapar, pero los que te conocen no te han creído. Siempre la víctima, ¿en serio? La amiga con la que te encontrarías esta noche nos pidió que la cuidáramos, porque te tiene miedo. Estaba aterrada de que tu cadena se repitiera.

El tono del policía es áspero.

Enit siente una punzada en el corazón.

—Nadie estaba seguro, pero esperaban el momento para finalmente desenmascararte.

—No. —solloza, cayendo de rodillas. —Por favor, tienen que creerme, yo no... no lo hice, yo no soy...

Enit observa a los policías mirándola desconfiados, apuntándole con sus armas y pidiendo refuerzos, como si estuviera siendo apresada como una bestia. Se da cuenta de que haga lo que haga, no van a creerle; diga lo que diga, sus palabras no tendrán valor. No hay nada convincente que pueda probar su inocencia.

Ahí está de nuevo ese dolor de cabeza que le martillea el cerebro y la aleja de su verdadero ser. Se cubre los oídos con las manos para atenuar el ruido que le estalla como fuegos artificiales. Pelea por reprimir su alter ego, pero como siempre, es inútil; lo vence, enviándola a un recóndito lugar en su interior. Solo así el dolor se va.

Enit recupera la compostura, su mirada se vuelve fría y decidida; no hay una sola chispa de súplica en ella. Se pone de pie y despliega las alas.

—¿Quieren pruebas para condenarme? —sonríe con malicia. El temor en su voz de minutos atrás se ha disipado. —Les daré las necesarias para demostrarles cuánto lo merezco.

La Erinia se eleva y se lanza contra los policías y la testigo, los únicos que descubrieron su maldición. Gritos aterrados y agónicos inundan el aire nocturno, alimentando el espíritu de venganza que la consume.

No se reprimirá más, tomará medidas contra la que la convirtió en eso y contra los que no se apiadaron de ella, dándole siquiera el beneficio de la duda. Buscará venganza a través de tácticas pasivo-agresivas, beneficiándose de su maldición. La venganza motivada es justicia por mano propia.

Un Diamante Tiene que Brillar

En una bulliciosa ciudad, donde cada rincón parecía estar iluminado por sueños y esperanzas, vivía Sofía, una joven joyera. Su pasión por las gemas y su habilidad para transformarlas en exquisitas obras de arte la habían convertido en una de las diseñadoras más reconocidas de la ciudad. Sin embargo, a pesar de su éxito, Sofía se sentía apagada, como si estuviera atrapada en una rutina que la alejaba de su verdadero brillo.

La joyería familiar, aunque hermosa, se había convertido en un peso. Las expectativas de sus padres y la presión de mantener el negocio la habían llevado a perder de vista su propia creatividad. Cada día era un reflejo del anterior, y las joyas que creaba parecían carecer de la chispa que una vez la había motivado.

Una noche, mientras reorganizaba su taller, Sofía encontró un viejo estuche de joyas que había pertenecido a su abuela. Al abrirlo, descubrió un collar deslumbrante, compuesto de zafiros y diamantes que parecían contar una historia propia. Al sostenerlo entre sus manos, una oleada de inspiración la invadió. Recordó las historias que su abuela solía contar sobre cómo cada joya tenía un poder especial, un brillo único que reflejaba la esencia de quien la llevaba.

Justo en ese momento, un suave rugido resonó en la calle. Sofía miró por la ventana y vio a un grupo de grifos volando sobre la ciudad, sus alas doradas reflejando la luz de la luna. Estos majestuosos seres, conocidos por su elegancia y sabiduría, volvían a la ciudad después de un largo período de ausencia. En muchas culturas, los grifos eran considerados guardianes de los tesoros y la creatividad, y Sofía sintió que su aparición no era una simple coincidencia.

Decidida a recuperar su pasión, Sofía comenzó a trabajar en una nueva colección. Quería que cada pieza fuera un reflejo de su historia y de sus emociones. Con cada joya que diseñaba, la chispa de la creatividad volvía a encenderse en su corazón. Se imaginó a sí misma como una joya, lista para brillar de nuevo. Los grifos, en su vuelo, parecían ser su inspiración, su recordatorio de la grandeza que podía alcanzar.

Sin embargo, la inseguridad seguía acechando. A medida que se acercaba la exposición de su nueva colección, las dudas la envolvían. ¿Sería suficiente? ¿La gente apreciaría su trabajo?

Fue entonces cuando su mejor amiga, Clara, la sorprendió con una visita.

—Tienes que verte como te sientes Brillante y llena de vida— le dijo Clara con una sonrisa amplia, mientras le ayudaba a elegir el vestido perfecto. —No dejes que las inseguridades te roben el momento. Eres única, Sofía—

El día de la exposición, el taller de Sofía se llenó de luces brillantes y risas cálidas. A medida que los invitados comenzaban a llegar, Sofía se sintió nerviosa, pero también una energía vibrante la invadió. Cada mirada que se posaba en sus joyas la llenaba de confianza. No eran simples piezas de joyería, eran fragmentos de su alma, reflejando sus luchas, su pasión y su renacimiento.

A medida que la noche avanzaba, la gente admiraba su colección y la forma en que cada joya capturaba la luz.

—Es deslumbrante— susurró alguien entre la multitud.

Sofía sintió que la emoción la envolvía. Había recuperado su brillo, y ya no se sentía como una joya olvidada.

Al final de la noche, mientras los aplausos resonaban en sus oídos, Sofía se dio cuenta de que había encontrado su lugar. Había dejado de lado las dudas y había permitido que su autenticidad brillara. En ese instante, comprendió que el verdadero poder de una joya no radica solo en su belleza, sino en la historia que lleva consigo. Al mirar a lo lejos, vio a los grifos nuevamente volando sobre la ciudad, esta vez acompañando su éxito como si fueran testigos silenciosos de su renacimiento.

Desde ese día, Sofía no solo diseñó joyas; creó piezas que contaban historias, que reflejaban la esencia de quienes las llevaban. En la ciudad, aprendió que todos tenemos el potencial de ser deslumbrantes, y que, a veces, solo necesitamos un poco de valentía para mostrar al mundo nuestra verdadera luz. Y aunque los grifos ya no volaban por la ciudad, su espíritu de grandeza y libertad seguía presente en cada joya que Sofía creaba.

La Estrategia Prepara el Escenario para el Cuento

En una bulliciosa ciudad, donde las luces brillaban intensamente y las oportunidades parecían ilimitadas, vivía Valeria, una joven con una mente excepcionalmente brillante. Desde pequeña, había sido conocida por su capacidad para trazar planes meticulosos y hacer que las cosas sucedieran. Cada paso que daba en su vida era parte de un elaborado esquema que había diseñado en su mente.

Valeria soñaba con abrir su propia agencia de publicidad, pero sabía que necesitaría más que solo talento. La competencia era feroz y el mundo de la publicidad estaba lleno de desafíos. Sin embargo, ella no era alguien que se dejara intimidar. Comenzó a investigar, estudiar cada detalle de la industria y observar las estrategias de los grandes nombres. Estaba decidida a destacar, pero en su camino pronto se encontraría con las esfinges del destino.

Un día, mientras revisaba su lista de contactos, se dio cuenta de que había una oportunidad perfecta: un concurso para nuevas ideas creativas, organizado por una importante firma de publicidad. El premio era una beca y la oportunidad de trabajar en una campaña real. Valeria vio esto como el trampolín que necesitaba para dar el siguiente paso. Sin embargo, la competencia era feroz, y se dio cuenta de que no sería fácil superarla.

—Esto es justo lo que necesito —pensó Valeria mientras observaba los detalles del concurso en su computadora—. Pero ¿y si no soy lo suficientemente buena? ¿Y si mis ideas no conectan con ellos?

A medida que avanzaba, comenzó a notar que, aunque las ideas fluían, se encontraba con obstáculos invisibles. Esfinges metafóricas, que se interponían en su camino en forma de dudas y bloqueos creativos. Pensaba que había encontrado la solución perfecta, pero una pregunta aparecía de la nada, planteando si realmente estaba entendiendo el mensaje correcto o si estaba siguiendo la ruta equivocada. Cada vez que parecía que todo estaba resuelto, nuevas dudas surgían, como enigmas que requerían ser resueltos antes de seguir adelante.

—¿Estoy siguiendo el enfoque correcto? —se preguntó una noche, mientras repasaba su propuesta una vez más—. ¿Qué falta? ¿Por qué no encuentro la conexión que necesito?

Sin dudar, se sumergió en el trabajo. Diseñó una campaña audaz y original que giraba en torno a la sostenibilidad y la creatividad. Cada aspecto de su presentación fue cuidadosamente planeado, desde el diseño visual hasta el mensaje emocional. Pero las esfinges seguían apareciendo. El mayor de ellos era su propio miedo al fracaso, a no ser lo suficientemente buena, a no lograr conectar con el jurado.

Una tarde, mientras miraba sus notas, el miedo la invadió una vez más. Se recostó en su sillón, mirando el techo, sumida en sus pensamientos.

—No puedo hacer esto sola. ¿Qué pasa si todo sale mal? —murmuró, sintiendo el peso de la duda.

Fue en ese momento cuando recordó las palabras de su madre, quien siempre había sido su mayor apoyo.

—No tengas miedo de brillar, hija. Eres capaz de lograr grandes cosas —le había dicho muchas veces—. Confía en ti misma. El mundo necesita lo que tú tienes para ofrecer.

Esa noche, Valeria decidió que enfrentaría las esfinges con valentía. Sabía que cada desafío era una oportunidad para aprender y crecer.

El día del concurso llegó, y Valeria se sintió nerviosa, pero también decidida. Mientras presentaba su proyecto, se dio cuenta de que había puesto su corazón en cada palabra. El jurado, intrigado, comenzó a hacer preguntas.

—¿Cómo crees que tu propuesta se distingue de otras campañas que ya existen? —preguntó uno de los miembros del jurado.

Valeria respiró hondo y respondió con confianza.

—Mi campaña no solo trata sobre la sostenibilidad, sino que busca inspirar un cambio emocional en las personas. Quiero que se sientan conectadas con la causa de manera personal. No es solo un mensaje, es un movimiento.

Sentía que había tejido una red de conexiones entre su idea y sus propias experiencias, algo que resonaba con todos en la sala.

Cuando la presentación terminó, sintió una mezcla de alivio y esperanza. Había dado lo mejor de sí misma, y eso era lo que importaba. Mientras esperaba los resultados, se encontró con otro competidor, un joven llamado Diego, que había presentado una idea igualmente innovadora. En lugar de ver a Diego como un rival, Valeria sintió admiración por su creatividad. La conexión entre ellos fue instantánea.

—Tu presentación fue impresionante. Me encanta cómo conectas emociones con tu campaña —le dijo Diego mientras se acercaba a ella con una sonrisa.

—Gracias. También me gustó mucho la tuya —respondió Valeria, sintiendo una chispa de admiración por el joven—. Creo que ambos tenemos ideas muy poderosas.

Finalmente, el jurado anunció los ganadores. El corazón de Valeria latía con fuerza mientras escuchaba el nombre de su competidor: Diego.

—Y el ganador es... Diego Ramírez —anunció el presidente del jurado.

Aunque se sintió decepcionada, rápidamente se dio cuenta de que había logrado mucho más que un premio. Había aprendido a confiar en sí misma y a conectar con otros que compartían su pasión. Las esfinges de su camino habían desaparecido, no porque los hubiera eliminado, sino porque había aprendido a enfrentarlos.

Diego se acercó a ella y la felicitó sinceramente.

—Tu idea era increíble. Me encantaría colaborar contigo en el futuro —dijo Diego, mirando a Valeria con entusiasmo.

Esa propuesta encendió una chispa de emoción en Valeria. Comprendió que la vida no se trataba solo de competir, sino de construir puentes y crear juntos.

—Sería genial —respondió Valeria, sintiendo que ese era el comienzo de algo importante.

Con el tiempo, Valeria y Diego formaron un equipo creativo. Juntos, empezaron a desarrollar campañas que combinaban sus talentos y visiones. Cada proyecto que emprendían era un reflejo de su colaboración, y Valeria se dio cuenta de que su estrategia había dado frutos inesperados. Había encontrado un compañero de equipo, un aliado en su viaje hacia el éxito.

Así, Valeria aprendió que ser una "mente maestra" no significaba solo planificar su éxito individual, sino también abrirse a las posibilidades de compartir sueños y colaborar con otros. En la ciudad, se convirtió en una figura destacada en el mundo de la publicidad, no solo por su talento, sino por su capacidad de unir a las personas, creando no solo campañas exitosas, sino relaciones duraderas que brillaban con la luz del trabajo en equipo. Y al final, las esfinges ya no representaban obstáculos, sino lecciones que la habían hecho más fuerte y más sabia.

Dulce Como la Justicia

Metzli camina tranquilamente por los amplios jardines de la mansión de Yareth, el joven demasiado hermoso, grácil, amable y alegre para ser de este mundo, que ha cautivado su corazón desde el primer momento en que su mirada se cruzó con la suya.

Las hojas de los árboles están salpicadas por el rocío matutino. El pequeño lago artificial que se extiende a lo largo de los abetos refleja los primeros rayos del sol, siendo el más brillante que Metzli haya visto; parecen cientos de estrellas centelleando.

—Otra vez estás distraída.

—Solo pensaba en ti —dice Metzli, volviéndose al joven de

cabello rubio y ojos azules como el cielo que acaba de posarse a su lado.

—Mentirosa —ríe Yareth, dándole un pequeño empujón a la joven—. ¿Estás lista para esta noche?

Metzli suspira, mordiéndose el interior de las mejillas.

—¿Estás seguro de hacer esto?

—Claro que lo estoy. Te amo y quiero que todos los que me importan lo sepan.

—También te amo, pero...

—Ya hablamos de esto. No me importa si mi familia no te acepta y mis amigos se burlan de mí. Quiero estar contigo en todo momento y no solo en secreto, como si estuviéramos cometiendo un crimen.

Las palabras firmes de Yareth hacen que Metzli se sienta aún más enamorada de él. Está segura de que la familia y los amigos de él jamás aceptarían la relación entre una humilde huérfana y un heredero de una acaudalada familia. Pero si Yareth está dispuesto a dejar de ocultar su amor, ella también lo está. Aunque teme por él, ella no tiene nada que perder, pero él sí.

—¿Te he dicho lo increíble que eres? —a Metzli se le derrite el corazón de solo mirar esos ojos que lo hipnotizan.

—Algunas veces —dice Yareth, juguetón.

La joven se lanza a los brazos de Yareth y pega sus labios a los de él. Él la sostiene con fuerza y delicadeza. Metzli está dispuesta a ser el pararrayos de Yareth en caso de una tempestad. Jamás se apartará de su lado. Jamás dejará de luchar por ser mejor para él.

La luna resplandece llena y cautivadora en el cielo nocturno. Todas las luces de la mansión de los Teutl están encendidas y los últimos invitados terminan de ocupar sus lugares.

—¿Tendremos que seguir soportando el misterio por más tiempo? —pregunta una mujer de cabello oscuro.

—¿Por qué la reunión? —un hombre de ojos castaños se coloca junto a la mujer.

—Ya lo verán —dice Yareth a sus padres. Se sitúa en el centro del salón e irgue los hombros.

—Los he hecho venir esta noche para hacer un anuncio muy importante. No estoy seguro de si apoyarán o no el camino que tomé, pero espero que se tomen el tiempo para pensar las cosas antes de juzgarlas.

Los padres de Yareth hacen amago de abrir la boca, pero él continúa su discurso.

—El amor es el sentimiento más puro y hermoso que el ser humano puede experimentar. El amor no conoce límites, restricciones o reglas, solo conoce de sentimientos, sensaciones y emociones —tragó saliva antes de continuar—. Quiero presentarles a la mujer que rompió con un sinnúmero de reglas, estereotipos y prejuicios, entregándome su corazón.

El joven desaparece un minuto detrás de la puerta que comunica con la habitación contigua. Cuando vuelve, sostiene la mano de Metzli, una de las sirvientas de su gigantesca mansión.

Expresiones ahogadas llenan los muros del salón, en donde de repente el aire parece insuficiente.

—Desde hace meses sostengo una relación que muchos considerarían indebida con Metzli, una mujer trabajadora, entregada, respetuosa, amable, educada y noble. El prospecto perfecto para muchos hombres... muchos hombres que no se parecen en lo más mínimo a mí.

Metzli parpadea confundida y las palmas de sus manos comienzan a transpirar.

—Como dije, el amor es el sentimiento más puro y hermoso que el ser humano puede experimentar —extiende los brazos a los lados—. Y yo, soy un dios, no un humano insignificante.

El rostro de Metzli está contraído por la impresión y sus ojos muy abiertos. Los amigos y familiares de Yareth parecen complacidos, con una sonrisa arrogante en los labios.

—Desde hace meses esta sirvienta —con expresión repulsiva señala a Metzli con la palma de la mano— ilusamente creyó que me había enamorado de ella —ríe divertido—. Pero la realidad es que no, y que yo gané. Mis amigos creyeron que ella estaba enamorada de mí por la manera estúpida en que me miraba —señala a un grupo de 4 jóvenes a los que se les escapan las lágrimas de tanto reír—, así que decidimos divertirnos un poco con sus sentimientos —se pasea triunfante en el círculo que los invitados habían formado a su alrededor—. Después de todo, los mortales solo sirven para complacer los placeres de los dioses —guiña el ojo a Metzli con malicia—. Son tan ingenuos.

El alma de Metzli abandona su cuerpo, dejándolo tan blanco como el papel.

—Yo fingí que me interesaba y lo demás fue sencillo. Ni siquiera se detuvo a pensar que alguien jamás podría interesarse en alguien tan poca cosa como ella, una criada que no hace más que estar en la suciedad —se vuelve hacia la joven—. Cariño, no existe el amor entre un dios y una mortal. Eres atractiva, pero al fin y al cabo, humana; una como cualquiera, sin nada lo suficiente especial para tentarme a cometer una insensatez. Espero sospecharas de mi origen, de lo contrario eres más tonta de lo que pensaba, porque no hay humano que pueda asemejarse ni siquiera un poco a los de mi clase. Ustedes son ordinarios, desgraciados, estúpidos e insípidos. Nosotros somos extraordinarios, agraciados, brillantes y cautivadores. Estamos muy por encima de ustedes, que fueron creados para vivir a nuestro servicio y satisfacer nuestras necesidades.

A cada palabra de Yareth, las piernas de Metzli amenazan con dejarla caer. Un sudor frío se ha apoderado de todo su cuerpo. Su corazón está hecho añicos. ¿Cómo pudo ser tan crédula y estúpida para creer que el perfecto Yareth Teutl podía tener un futuro a su lado, al lado de alguien que no solo es humana, sino también huérfana y menesterosa?

—Espero que con esto —continúa Yareth— aprendas tu lección. En tu mundo el estatus tal vez no importe, porque eres más inferior que las cucarachas que ahuyentas, pero en mi mundo, el estatus importa y si estás abajo, no eres nadie. Por tu propio bien, no vuelvas a pretender que eres más de la insignificancia que eres. Velo como que te estoy haciendo un favor para el futuro —altanero, le guiña un ojo—. Adiós, amorcito —mueve delicadamente los dedos de la mano en un gesto de despedida y, antes de darse la vuelta, le regala a la joven una maliciosa sonrisa.

El eco del salón se llena de carcajadas, murmullos y ajetreo. Las deidades ven a Metzli como la pobre patita fea que se enamoró de un cisne.

La joven quiere replicar, pero ningún sonido abandona sus labios. Con el entorno dándole vueltas, sale apresurada al frío nocturno, volviendo al único mundo que conoce, su familiar y cálido cuarto de limpieza.

Se aferra a la puerta de una cuadra vacía y deja escapar el llanto que estaba conteniendo. Se maldice una y otra vez por haber cometido el error más grande de su vida, haber pensado que alguien tan perfecto podía ser su igual.

—¿Señorita Metzli?

La voz de un hombre sobresalta a la joven, que deja caer la escoba con un golpe seco. Ni siquiera escuchó sus pasos acercándose.

—¿Quién es usted? ¿Viene a seguir burlándose de mí, a humillarme?

—Absolutamente no —dice horrorizado el hombre—. Vengo a ofrecerle mi ayuda.

—¿Su ayuda?

—Verá, hace varios ayeres yo era como usted, un hombre que creía que en el amor todo era posible. Incluso me enamoré de una mortal.

—Pero, ¿no es uno de ellos?

—¿Una deidad? Sí, soy el dios de la guerra, la venganza, el poder y la dominación. Pero no todos somos insensibles y altaneros —evalúa el rostro perplejo de la joven. Contrario a lo que muchos puedan pensar, soy justo en lo que hago, doy a cada quien lo que le corresponde; tal vez por eso soy el malo.

—¿Qué pasó con la mortal de la que se enamoró, me refiero?

—Mi familia y amigos decidieron que no era suficiente para mí, así que la ofrecieron como tributo a Camazotz, la criatura más fiera y sanguinaria que teníamos.

—Lo siento mucho.

—También yo.

—¿Qué hizo al respecto?

—Nada.

—¿Nada?

—La venganza en frío es la que más se disfruta. He estado en el momento correcto para aplicar la ley del talión. El castigo equivale al crimen cometido.

Metzli está tan abrumada que no entiende hacia dónde está yendo la conversación.

—Dije que Camazotz era la criatura más fiera y sanguinaria que teníamos porque logré crear una que superara esas cualidades, una colosal criatura que simboliza el poder: el leviatán. Es tuya si la quieres.

—¿Qué? Pero yo no... ¿Para qué...?

—Para que puedas vengarte. Te ofrezco la oportunidad de hacer pagar a quienes te humillaron, se burlaron de ti y jugaron con tus sentimientos sin la más mínima chispa de lástima o culpa.

Metzli siente su garganta cerrarse, su sangre crepitar y sus mejillas arder. No está segura si es vergüenza lo que siente o furor.

—No puedo usar a Leviatán para mi propio beneficio porque pensarían que es una cuestión personal. Pero tú sí puedes. Puedes vengar mi amor perdido y el tuyo artificial. Sería para mí un honor entregar mi creación a una mujer que se parece tanto a mí.

—No, no puedo. Eso no sería correcto.

—¿Por qué no? Solo estarías respondiendo el embate. Pero la elección es tuya —el dios hace amago de dar la vuelta, pero la voz de Metzli lo detiene.

—Espere —en sus ojos casi pueden reflejarse las llamas de la ira y en sus labios la sonrisa de la venganza—. Quiero a Leviatán —dice con toda firmeza—. Quiero que paguen por lo que me hicieron.

—Muy bien. Entonces...

—Pero yo no tengo que hacer nada —sonríe confiada—. Será el karma quien se encargue de otorgar a cada quien el reflejo de sus actos.

Tiempo después, tal como Metzli lo predijo, la energía derivada de los actos ajusta cuentas con las deidades acreedoras, causándoles el doble del sufrimiento que han provocado a los humanos, simplemente por su narcisismo. Su sed de poder hizo que su propia estirpe se revelara contra ellas. No hace falta más criatura para destruirlos que ellos mismos. El karma no castiga, se encarga de que todas las cosas que emanan de alguien se le devuelvan tarde o temprano, así que no es necesario cuidar lo que se recibe, sino por lo que se da.

Playlist

Read your Mind – Sabrina Carpenter
Feather – Sabrina Carpenter
Vicious – Sabrina Carpenter
Already Over – Sabrina Carpenter
Tornado Warnings – Sabrina Carpenter
opposite – Sabrina Carpenter
Dreaming Of You – Sabrina Carpenter
Fast Times – Sabrina Carpenter
because i liked a boy – Sabrina Carpenter
Nonsense – Sabrina Carpenter
Miss Americana & The Heartbreak Prince – Taylor Swift
Cruel Summer – Taylor Swift
The Man – Taylor Swift
You Need To Calm Down – Taylor Swift
Lover – Taylor Swift
The Archer – Taylor Swift
Fearless – Taylor Swift
You Belong With Me – Taylor Swift
Love Story – Taylor Swift
'tis the damn season – Taylor Swift

willow – Taylor Swift

marjorie – Taylor Swift

champagne problems – Taylor Swift

tolerate it – Taylor Swift

...Ready For It – Taylor Swift

Delicate – Taylor Swift

Don't Blame Me – Taylor Swift

Look What You Made Me Do – Taylor Swift

Enchanted – Taylor Swift

Long Live – Taylor Swift

22 – Taylor Swift

We Are Never Ever Getting Back Together – Taylor Swift

I Knew You Were Trouble – Taylor Swift

All Too Well (10 Minute Version) – Taylor Swift

the 1 – Taylor Swift

betty – Taylor Swift

the last great american dynasty – Taylor Swift

august – Taylor Swift

illicit affairs – Taylor Swift

my tears ricochet – Taylor Swift

cardigan – Taylor Swift

Style – Taylor Swift

Blank Space – Taylor Swift

Shake It Off – Taylor Swift

Wildest Dreams – Taylor Swift

Bad Blood – Taylor Swift

Tell Me Why – Taylor Swift

Snow On The Beach – Taylor Swift ft. Lana Del Rey

Lavender Haze – Taylor Swift
Anti-Hero – Taylor Swift
Midnight Rain – Taylor Swift
Vigilante Shit
Bejeweled – Taylor Swift
Mastermind – Taylor Swift
Karma – Taylor Swift

Made in the USA
Columbia, SC
06 January 2025